淫魔追放
～変態ギフトを授かったせいで王都を追われるも、
女の子と〝仲良く〟するだけで超絶レベルアップ～
著 赤城大空
HIROTAKA AKAGI
絵 kakao
JN038893

「……私にはエリオしかいないよ。
エリオのいない王都になんて、
絶対に戻らない」
「え、ちょっ、話聞いてた!?
まっ、アリシ……
アッ――――――!?」
NAME
エリオ

NAME
アリシア
——その後。
まるでケダモノのように興奮したアリシアに
僕は体中を貪り尽くされ、
朝日が昇る頃には絶倫スキルをもってしても
対抗できないほどに搾り取られていた。

「ひとまず話を聞くだけでも、ね？
とりあえずあの凄いの、出してみよ？」

NAME
ルージュ
「……もし恥ずかしいなら
……分離するところは、
私が隠してあげるから」
NAME
ソーニャ
な、なんだこれ⁉
と思いつつ、僕は薄暗い部屋の
雰囲気にもあてられ、
いつの間にか男根分離を発動していた。
机の上に、僕の猥褻物が陳列される。
「は……？
な……⁉
これは……⁉」

「おやおや、これはまた元気で若い
生き餌が飛び込んできたものだ」
頭から触角を生やし、
アーマーアントの甲殻に似た
鋼色の鎧を身体から
直接生やしたような、絶世の美少女。
モンスターの巣穴で
泰然自若に微笑むそいつは、
明らかに人間ではなくて――。

NAME
レジーナ
「まさか……魔族……!?」

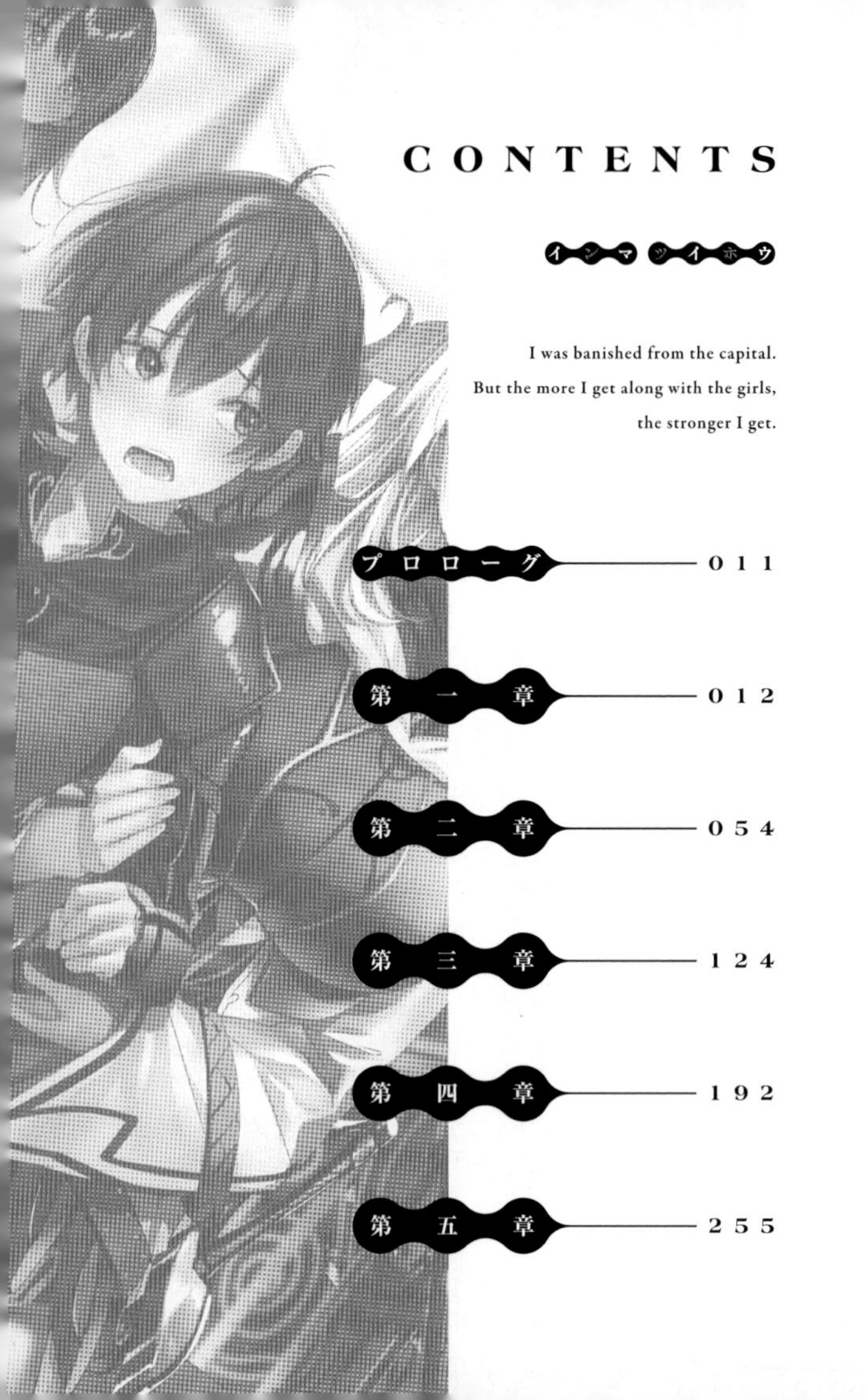

CONTENTS

イ ン マ ツ イ ホ ウ

I was banished from the capital.
But the more I get along with the girls,
the stronger I get.

淫

I was banished from the capital.
But the more I get along with the girls,
the stronger I get.

～変態ギフトを授かったせいで王都を追われるも、
女の子と〝仲良く〟するだけで超絶レベルアップ～

著――赤城大空
HIROTAKA AKAGI
絵――kakao

CHARACTERS

エリオ・スカーレット

〈淫魔〉のギフトを授かってしまい王都を追放された公爵家の少年。変態能力に反して常識人で、迷いなく人助けができる良い子。

アリシア・ブルーアイズ

伝説級のギフト〈神聖騎士〉を授かった少女。主人公の幼なじみ。行動原理は100％エリオへの愛。

ソーニャ・マクシエル

辺境都市の冒険者ギルドマスターと商業ギルドの重鎮の娘。

レイニー・エメラルド

ギルドで試験官を務める冒険者。重度のショタコン。

ルージュ・クロウ

商人。商会ではお姉様方への大人のオモチャ販売ルートを持っている。

ウェイプス

辺境都市一番の鍛冶師。職人気質のハーフドワーフ。

英雄が色を好むというのであれば、誰よりも色に特化したあの方こそ真の英雄なのでしょう

――エリザベート・プロメテウス・ロマリア　秘密の回顧録より

プロローグ

薄暗い室内に淫猥(いんわい)な水音が響く。

女の子の発情した匂(にお)いが立ちこめ、頭がくらくらしそうだった。

そんななか蕩(とろ)けきった表情で僕にしなだれかかってくるのは、それぞれ別方向に魅力的な美少女たち。

「エリオ……♥」

「エリオさん……♥」

「エリオ殿……♥」

最愛の幼なじみ、獣人、ハーフエルフ、元犯罪者、さらには人外の女の子たちが、激しく僕を求めてくる。その光景はあまりに刺激的で、淫猥で、背徳的だった。

(国を守る誇り高い聖騎士になりたいと思っていたはずなのに、どうしてこんなことに……)

思わず頭を抱(かか)えたくなるけど、発情しきった彼女たちの前ではそんなことをしている余裕なんてまったくなくて。

僕はこの身に発現した変態スキルを駆使して彼女たちの気持ちに応えながら、自分の運命が決した遠い昔のことを思い出していた。

第一章

▼第1話　授与式

その日の夜、王都は華やかな賑(にぎ)わいに満ちていた。

今日は年に一度の聖誕祭。

特定の年齢となった少年少女が天から〈ギフト〉を授かる重要な祝日なのだ。

〈ギフト〉とは天から授けられるその人の才能そのもの。

〈剣士〉や〈鍛冶師(かじし)〉など種類は様々なものがあり、どんな〈ギフト〉を授かるかでその人の人生は決定づけられるのだ。

王都の中央にある教会前広場には適齢を迎えた人たちが並び、次々と〈ギフト〉を授かっている。

「うぅ、緊張するなぁ」

僕、エリオ・スカーレットもその列に並んでドキドキと心臓を高鳴らせていた。

みんな緊張しているんだろうけど、多分その中でも僕の緊張は一段と強い。

なにせ僕の家はこの王都の中でも指折りの名家、スカーレット公爵家なのだ。

スカーレット家は〈聖騎士〉系統の〈ギフト〉を授かる人が多く、その力でこの王都の守護を担当する神聖な貴族家系。

当然、その一員である僕にも〈聖騎士〉の期待がかかっていて、幼い頃から一流の先生について様々な教育を施されてきた。そうまでしてもらって変な〈ギフト〉を授かったらと思うと気が気ではないのだ。

「そう緊張することはないぞエリオ」

と、僕の肩に優しく手を置いてきたのは父さんだ。

スカーレット公爵家の現当主である父さんは気さくに笑い、言葉を続ける。

「こう言ってはなんだが、スカーレット家は既にお前の兄さん二人が〈剣聖騎士〉のギフトを授かっている。跡継ぎに関しては問題ないのだ。最近はおかしな〈ギフト〉を授かったからと安易に我が子を追放するような貴族の話も聞くが、私はそのように薄情ではない。どんな〈ギフト〉を授かっても愛する我が子であることに変わりはないのだから、堂々と〈ギフト〉を授かってきなさい」

「は、はい父さん！」

かっこよくて威厳があり、なおかつ優しい父さんの言葉に肩が軽くなる。

と、そのときだ。

「おおおおおおおおおっ！」

なにやら前方から歓声が上がった。

なんだなんだと見てみれば、

「すげえ！　〈神聖騎士〉が出たぞ！」

街の人たちの大騒ぎに僕は「し、神聖騎士!?」と目を見開く。

なぜならそれは、兄さんたちの〈剣聖騎士〉をも凌駕する最上級の〈ギフト〉だったから。

……いや、最上級どころじゃない。

嘘か真か。かつて魔族が結託して人族を滅ぼしかけた際に大活躍したと言われている伝説級の〈ギフト〉だったのだ。

それを授かったものは一人の例外もなく当代最強クラスの戦士として歴史に名を刻むとまで謳われるほどの……。

一体誰がそんな凄まじい〈ギフト〉を授かったのかと背伸びしていると、

「ほぉ……ブルーアイズ家の末娘か。昔から非凡ではあったが、まさかあのように強力な〈ギフト〉を授かるとは……」

「え……ブルーアイズ家の娘って、もしかしてアリシア!?」

父さんの言葉を受けて僕が飛び跳ねて見ると……騒ぎの中心には確かにアリシアがいた。

この世のものとは思えないほど綺麗な青い瞳と白銀の髪が特徴的な絶世の美少女。

ブルーアイズ侯爵家の末っ子であり、小さい頃から一緒にいることの多い僕の幼なじみだ。

アリシアは普段と同じように、なにを考えているのかよくわからない無表情で周囲からの賞賛を受けていた。

確かにアリシアは昔から剣術も勉強も飛び抜けてて、僕はいつも悔しい思いをしていたけど
……まさかあんな凄まじい〈ギフト〉を授かるなんて。

そんなアリシアを見て「僕も負けないぞ……！」と対抗心を燃え上がらせていたところ、父さんがにんまりと笑いながら僕を見下ろしてきた。

「〈ギフト〉は遺伝することが多い。王都の守護を務めるスカーレット家としては、是非あの子を迎え入れたいところだ。お前には期待しているぞ、エリオ」

「な、なに言ってるの父さん……！」

僕は顔を真っ赤にして反論する。

昔からなぜかアリシアは僕によくくっついてきて、そういう誤解を受けやすかった。

だからこの手の冷やかしを受け流すのは慣れたもの。

……のはずなんだけど、最近めっきり綺麗になったアリシアとの仲を冷やかされるとそうもいかない。

そのうえ父さんの目が結構本気だったので、どうにもうまく受け答えできないのだった。

「エリオ・スカーレット！　前へ！」

と、そうこうしているうちに僕の番がやってくる。

ほとんどの人の〈ギフト〉授与が終わっていることもあり、スカーレット公爵家の者である僕への注目度は段違いだ。

先ほど父さんが軽くしてくれたはずの重圧が再び僕の肩に重くのしかかる。

アリシアほどじゃないにしろ、せめてまともな〈ギフト〉を授かりますように……！

そう願いながら神官様に身を委ねる。

すると身体の内側から熱が生まれるような感覚があった。

（これが〈ギフト〉授与の感覚……けど、あれ？　なんだか下半身が妙に熱いような……）

僕は戸惑うが、そうこうしているうちに〈ギフト〉授与が完了したらしい。

女性神官様が授与された〈ギフト〉を読み上げる。

「エリオ・スカーレット！　〈ギフト〉は……え？」

なんだか女性神官様の様子がおかしい。

ひどく戸惑っているようで、言葉に詰まっているのが気配だけでもわかるほどだ。

ど、どうしたんだろう……。

困惑していると、父さんが僕の疑問を代弁するように声をあげる。

「どうしたのだ神官よ。我が息子の〈ギフト〉はなんだ。言ってみよ。戦闘のできない〈ギフト〉でも私は一向に構わない」

「は、はい……では発表いたします。エリオ・スカーレット。〈ギフト〉は――」

と、女性神官様は散々迷ったあげく慣例に則り、その場で僕の〈ギフト〉を大声で発表した。

「〈ギフト〉は〈淫魔〉！　初期スキルは……絶倫です！」

「…………………は？」

僕のそんな言葉を最後に、授与式の会場は時が止まったかのように静まり返った。

▼第2話　追放しないと言ったな？　アレは嘘だ

「………………………非常に心苦しいが」

授与式の翌日。

それまでずっと部屋に引きこもって呆然としていた僕は、夕方に父さんから呼び出された。

普通、この時間帯なら食堂でみんなと話をする。

けどこの日、僕は父さんの執務室に一人で呼び出されていた。

僕と父さんのほかにいるのは、スカーレット家のベテラン執事セバスチャンだけだ。

「私はお前を愛している。どんな〈ギフト〉を授かっても幸せになる道を示してやるつもりだった。だが……その、なんだ……スカーレット家は王の剣であり教会の象徴でもある〈聖騎士〉の家系だ。何事にも限度がある」

　父さんはいつもの快活さが嘘のように歯切れが悪い。

「見たことも聞いたこともないお前の、その、妙な〈ギフト〉については既に街中の噂だ。王と教会からも直々に「なんとかせよ」との通達があった。こうも騒ぎが広まってしまえば、お前もこの街にはいづらいだろう」

　父さんの言う通りだ。

　ギフト〈淫魔〉。

　スキルは絶倫。

　そんな変態ギフトを授かったと周囲に知られてまともに生きていけるわけがない。

　そもそも今日一日引きこもっていたのも、僕のことを知っている人と顔を合わせたくなかったからだ。

「よって今日この日をもって、お前を勘当とする。この街を出ていき、独り立ちしてほしい」

だから父さんの提案は理不尽でもなんでもなく、僕自身が望んでいたことでもあった。

「ただ忘れないでほしい。勘当とはいっても形式上のことで、なにか困ったことがあればいつでも助けになる。当面の資金は多めに渡しておくから、ひとまず治安のいい西を目指しなさい。何者でもない『エリオ』として生まれ変わり、王都の噂が届かない辺境で身を立てるのだ」

「……はい」

こうして僕は優しい家族のもとを離れ、生まれ育った王都を追放されることになった。

＊

出発は真夜中だった。

誰もが寝静まったタイミングを見計らい、僕は御者を買って出てくれた使用人のギルさんと家族以外の誰にも知られることなく王都を後にする。

実家では剣術だけでなく経済や街の仕組みなど、色々なことを実践形式で教わったから、こうして追放されても先行きに意外と不安はなかった。路銀もかなり多めにあるし。

ただやっぱり、ふとした瞬間になにもかも失ってしまった絶望と喪失感が胸を襲う。

すべては昨日授かったこの〈ギフト〉のせいだ。

「はぁ……」

僕は馬車に揺られながら、自らのステータスカードをぼんやりと見下ろす。

それは四歳の誕生日に教会から授けられる不思議な板で、僕のレベルと所持スキルを表示するものだった。

エリオ・スカーレット　ヒューマン　〈淫魔(いんま)〉レベル1
所持スキル：絶倫Lv1

何度眺めても現実は変わらない。

恥ずかしい〈ギフト〉に恥ずかしいスキル。

僕は昨日から何度目になるかわからないため息を漏らした。

「それにしても……」

と、僕はステータスプレートに表示されるスキル欄を見ながらふと呟(つぶや)く。

「昨日からやたらと下半身が熱いのって、この絶倫スキルのせいなのかな……？」

僕は昨日からずっとウズウズと熱を放つ下半身に意識を向けた。

生き恥〈ギフト〉を授かったショックで今まであまり気にしていなかったけど、馬車に揺られることしかできない今の状況では気にするなというほうが難しかった。

一度意識してしまうともう止まらない。

なんだかかつてないほどムラムラしていた僕は、そっと自分の下半身に手を伸ばした。

そこにあるのは、おとといまでとは比べものにならないほど立派になった僕自身。

「これも〈ギフト〉とスキルのせいなのかな……？　ああもう、こんなの本当に追い出されても仕方ないじゃないか……」

あまりに卑猥な〈ギフト〉の効能。

盛大な自己嫌悪に陥りながら、しかし僕は現実逃避するように自らを慰めた。

どうせ馬車の中には僕しかいないし、道路がガタガタしているせいで御者のギルさんに音が聞こえたりもしないのだ。

なにもかも失ってしまったんだし、いまさら細かいことを気にしたってしょうがない。

「……うっ」

そんな投げやりな気持ちで僕は自分の猛りを処理したのだけど……。

「え……なんだこれ……？」

僕は困惑の声を漏らす。

しっかりと出したにもかかわらず、下半身の疼きがまったく鎮まっていなかった。

「一回出しただけじゃ全然収まらない……!?」

そりゃ僕だって年頃なのだから、回復は早い。

けど出してすぐ次を出したくなるなんて、こんなことは初めてだった。

「うぅ、なんなんだこの〈ギフト〉……本当に最低じゃないか……」

もう本当に嫌だ。

なにかの間違いで〈ギフト〉が変わってやしないかと、僕はまた意味もないのにステータスプレートを見下ろす。

「……あれ？」

そのとき、僕はあまりのショックに自分の目か頭がおかしくなってしまったのではないかと本気で焦った。

なにせステータスプレートの表示が、先ほどと変わっていたからだ。

エリオ・スカーレット　ヒューマン　〈淫魔〉レベル2
所持スキル　絶倫Ｌｖ1

「え？　なんでレベルが上がってるんだ……？」

僕は呆然と声を漏らした。

▼第3話　来ちゃった

レベルアップ。

それは魂の強度上昇とも言われる現象だ。

レベルが高ければ高いほど素の身体能力や魔力、スキルの威力がアップして、生き物としての格が上がっていく。

けれど当然、生き物としての格が上がっていくなんて表現が使われるだけあって、レベルアップの条件というのはそれなりに厳しい。

戦闘系の〈ギフト〉ならモンスターを何十体も討伐しないといけなかったり、生産系の〈ギフト〉なら大量の修行が必要だったりと、長い年月が必要になるのだ。

もちろん〈ギフト〉を授かってすぐはわりとサクサク成長できるものだけど……なにもしてないのにレベルが上がるなんてことはまずあり得ない。

ましてや馬車の中で寝転がっているだけで成長するなんて、どう考えてもおかしかった。

……いや、けど、僕の場合、正確にはなにもしてないわけじゃない。

「まさか……」

あまりにも馬鹿馬鹿しい仮定。

けどレベルアップの理由なんてそれ以外に考えられず、僕は下半身の疼(うず)きに従うまま、再び自分を慰(なぐさ)めた。

それからどれだけの時間が経っただろうか。

エリオ・スカーレット　ヒューマン　〈淫魔〉レベル10
所持スキル
絶倫Lｖ1

「……ええ」

とんでもない結果に、僕はどんな顔をすればいいかわからなかった。

自分でもドン引きだ。

検証の結果、僕は一回自分を慰めるごとにレベルが1上がっていたのだ。

なんだこのあり得ない成長速度。

そりゃあ最初の頃はどんな〈ギフト〉もレベルはさくさく上がる。

とりあえずレベル30くらいまでなら誰だってすぐ到達できると言われているくらいだ。

けどそれだって普通は一年くらいかかるものだし、日々の鍛錬と実戦が前提。

ちょっとムラムラを処理しただけでこんなにレベルが上がるなんて、天から授かる〈ギフト〉に対して罰当たりといってもよかった。

「いやけど……どう考えてもおかしいし、レベルが上がりやすい代わりにあんまり強くならないとかそういう仕様なのかも」

生産系の〈ギフト〉なんかがそうだし、〈淫魔〉もその類いなんじゃないかと考えていた、そのときだった。

「「「グオオオオオオオオオッ！」」」

突如、外からいくつもの獣声が聞こえてきた。

かと思えば馬車が大きく揺れ、御者のギルさんが「うわっ!?」と悲鳴をあげる。

驚いて外を見ると、月明かりの下にいくつもの影があった。

「な、なんでこんな時期に人食いボアの群れが!?　エリオ様！　お逃げください！」

ギルさんが叫ぶ。

その声に従って僕は荷台を飛び出すのだけど……逃げ場なんてどこにもなかった。

周囲の暗闇にはいくつもの眼(め)が光り、僕らを完全に包囲していたのだ。

その数は二十近いだろうか。

とてもじゃないけど逃げられる状況じゃない。

「くそっ、ギルさん！　僕が殿(しんがり)になるから、隣町まで急いで！」

「坊ちゃん!?」

僕は剣を持って周囲を睨(にら)みつけた。

戦闘系の〈ギフト〉を授かることはできなかったけど、僕だってこれまで鍛錬してきたんだ。

自衛くらいは……いや、僕みたいな恥ずかしい生き物の送迎を請け負ってくれたギルさんを助けるくらいのことはできる。

とはいえ――人食いボアの参考レベルは確か平均して7。

同レベル以上の戦闘系〈ギフト〉持ちでないと、相手をするのは難しい。

しかもこんな数を相手に戦うのは無謀でしかなかった。けど……やるしかない！

「やあああああああああああああああっ！」

ギルさんが逃げやすくなるよう、まずは僕たちの前方に立ち塞がる猪たちに玉砕覚悟で突っ込む。習ったとおりに剣を振るい、人食いボアにまずは牽制の一撃を叩き込んだ。

……のだけど、

「ギュウッ!?」

「え？」

一瞬、なにが起きたのかわからなかった。

僕よりも身体の大きな人食いボアが、たいして体重も乗せていない攻撃で大きく吹き飛んだのだ。

それになんだか、人食いボアの動きがやたらと遅く見えるような……。

戸惑いながら、周りの人食いボアに続けて攻撃を叩き込む。

ドゴオオオオッ！

「「「ギュウウウウウッ!?」」」

あっという間だった。

僕が剣を振るうこと三度。

人食いボアの包囲網に穴が空き、ギルさんが「へ？」と目を丸くする。

「な、なんだこれ!?」

そしてギルさん以上に驚いていたのは僕自身だった。

確かに僕はいまレベル10。

レベル７の人食いボアを圧倒できてもおかしくはない。

けどそれは、あくまで僕が戦闘系〈ギフト〉を授かっていた場合だ。

ムラムラを処理しただけでレベルが上がるような〈ギフト〉がこんなに強いなんて絶対におかしい。

「どうなってるんだ本当に……でも、強いならそれに越したことは……ない！」

迫り来る猪たちを追い払いながら、僕はギルさんと共に夜の街道を駆け抜ける。

「さすが坊ちゃま！　戦闘系〈ギフト〉でなくとも鍛錬次第でモンスターともある程度は渡り合えると聞きますが、まさかここまでおやりになるとは！」

ピンチを切り抜けることができたこともあってか、ギルさんが興奮した様子で叫ぶ。

が、そのときだった。

――グオオオオオオオオオオオオオオオオオオッ！

人食いボアの群れが一斉に甲高い鳴き声をあげる。

直後、

「なっ!?」

突如として、街道の脇から巨大な影が飛び出してきた。

見ればそれは他の個体よりも二回りはでかい人食いボアで、僕はぎょっと目を見開く。

「群れのボス……!? まさか、最初からこれが狙いだったのか!?」

最初の包囲網で仕留められればよし。

もし逃げられても進行方向に伏せたボスが尻を拭うという作戦だろう。

初めて直面するモンスターの狡猾さに僕は冷や汗が噴き出す。

背後から迫る群れに進行方向のボス。

強個体に背を向けてはひとたまりもない以上、選択肢は一つしかなかった。

「うりゃあああっ！」

僕は馬車から飛び出し、全力でボス個体に斬りかかる。

けど、

「グガアアアアアアッ！」

「うわっ!?」

強い。

さすがにこれだけの群れを統率する個体なだけあって、速さも力も段違いだった。

先ほどのようには上手くいかない。

あっという間に劣勢に立たされ、道を塞がれた馬車も人食いボアたちに追いつかれてしまう。

「坊ちゃん！」

「ダメだギルさん！　逃げて！」

ギルさんが馬車に備え付けられた槍をもって加勢しようとしてくれる。

僕はそれを制止するけど……ギルさんだってもう逃げ道がないとわかってるから一か八かで突っ込んできているのだろう。

ぐっ、このままじゃ二人ともやられる……！

と、僕が最悪の結末を覚悟したとき。


風が吹いた。


ヒュヒュヒュヒュン！

響く風切り音。

続けて聞こえてきたのは、人食いボアたちが断末魔さえあげる間もなく崩れ落ちる音。

そして一際大きなボス個体の身体が縦に割れたかと思うと、

「……やっぱり、追いかけてきてよかった」

「……え？」

僕の目の前に立っていたのは、宝石のように美しい青い瞳と白銀の髪が特徴的な女の子。

「……エリオが街を追い出されたって聞いて……私も家出してきちゃった」

幼い頃から一緒にいた幼なじみ――アリシア・ブルーアイズが鞘に剣をおさめる音がパチンと響いた。

▼第4話　性獣

「アリシア⁉　え⁉　どうしてここに⁉」

「……言ったでしょ。エリオが王都を追い出されたって聞いたから……私も家出したの」

驚いて尋ねる僕に、アリシアはあっけらかんとそう言った。

いつものように無表情でなにを考えているかわかりづらいけど、その口調には珍しく断固としたものが感じられる。

「家出したって……ダメじゃないか！　アリシアは僕なんかと違って〈神聖騎士〉なんでしょ⁉　いずれ王都を守る責務が――むぐっ⁉」

「そんなことより……」

と、混乱する僕の口をアリシアが指で塞ぐ。

「……ほかに言うことがあるでしょ？」

ツン

言われて僕は周囲を見回す。

細切れになったたくさんの人食いボアに、真っ二つになったボス個体。

それからギルさんが腰を抜かしながらも怪我一つ負わずに生きているのを確認した僕は、

「……助けてくれてありがとう」

「……えへへ。どういたしまして」

うっすらと微笑む幼なじみにお礼を言うのだった。

それにしても……〈神聖騎士〉って強すぎない……？

*

「……とりあえず、すぐに隣町を目指したほうがいいと思う。……私も道中何度かモンスターに襲われたの。……なんだかいつもとモンスターの動きが違うみたい」

アリシアがそう言うのに従い、僕たちは急いで隣町を目指した。

王都に近いだけあってここもかなり栄えていて、すぐに大きめの宿を見つけることができた。

お金には限りがあるから本当はもっと質素な宿を借りるべきだったのだけど、アリシアみたいな美人が一緒にいるとなるとそうも言っていられない。

ギルさんとはいったん別れてからひとまず部屋を二つ借り、それから僕は改めてアリシアと話をすることにした。

「あのねアリシア。助けてくれたのは本当にありがとう。けど家出なんて……王都の守護を任されてる僕の家はもとより、ブルーアイズ侯爵家もきっと許さないよ。〈神聖騎士〉の流出なんて一大事なんだから、きっとすぐに連れ戻される」

もう深夜ということもあって、僕はアリシアの部屋で彼女と向かい合う。

誰からも後ろ指をさされるような〈ギフト〉を授かった僕についてきてくれたのは本当に嬉しいけど……アリシアは僕なんかのために人生を棒に振っていい人じゃない。

それにいくら〈神聖騎士〉でも大人の〈聖騎士〉たちには敵わないだろうし、たくさんの人に迷惑をかけて大事になる前に考え直してほしいと僕はアリシアを説得する。

けれど、

「……大丈夫。少しでも早く強くなるための武者修行って言ってあるから。……私の家、ブルーアイズ侯爵家は脳き……叩き上げの家系。修行って言っておけばしばらく誤魔化せる……あと、長い目で見たときにどうすれば連れ戻されないかも、ちゃんと考えてきたから」

「え？」

やけに力強くアリシアが断言する。

考えてきたって……。

護衛もつけない武者修行の時点で苦しいのに、この先ずっと〈神聖騎士〉が連れ戻されないようにする方法なんてあるわけないと思うんだけど……。

と、僕が面食らっていたところ——ぐい。

アリシアが凄まじい力で僕の手を引っ張ってきた。え!?

「ふぁ!?　ちょっ、アリシア!?」

気づけば僕はふわふわのベッドの上に投げ飛ばされていて、その上からアリシアが覆い被さってきた!?

馬乗りになったアリシアは装備を手際よく外し、あっという間に肌着だけに。魔石灯に照らされた彼女の頬が艶めかしく上気する。

え!?　なにこれ!?　これなに!?

「……〈神聖騎士〉は王と教会に仕え、人々を守護する神聖な〈ギフト〉の最上級……って言われてる。そんな私が王都を追い出されるような人の子を身ごもったら……さすがに連れ戻せないよね？」

「待って待って待って待って！」

アリシアがおかしい！

いや普段からちょっと変わった人だったけど、今日のアリシアは輪をかけておかしいぞ!?

いくらなんでも論理が飛躍しすぎだし、そもそもそれ以前の問題が山ほどある！

「もっと自分を大切にしなきゃダメだよ！　なんでそこまでして僕についてきてくれるかわか

んないけど、そういうことはこんな軽率にしちゃダメだって！」

アリシアは女の子で、貴族の子だ。しかも伝説級の〈ギフト〉持ち。

いろんな意味で軽率にこんなことしていい人じゃない。

だから僕はアリシアの拘束に抵抗しながら叫ぶのだけど、

「……軽率なんかじゃない」

アリシアが僕の身体をがっちり押さえつけながら言う。

まったく身体が動かせない。

〈神聖騎士〉の身体能力高すぎぃい！

「……君は、私のこの白い髪を綺麗だって言ってくれた。みんなが不気味がるこの白い髪を。

それに……なにを考えてるかわからないって言われて避けられてた私に優しくしてくれて
……みんなの輪に加えてくれた」

「……っ。それは、特別なことなんかじゃないよ」

「……」

僕を追ってきた理由を語るアリシアに、僕は反論する。

「君は昔から、誰よりも優しい人だったじゃないか。色々と不器用で誤解を受けやすかったけど、怪我をしてる動物を助けようとしたり、困ってる人を放っておけなかったり。そんな君だから手助けするのは当然だよ。僕じゃなくたって、いつか誰かが君を助けてた。君の魅力に誰かが気づいてたよ。だからそれだけで僕が君からここまでしてもらう資格なんてない」

〈淫魔〉なんて最低の〈ギフト〉を授かった僕なんかに。

そんな刷り込みみたいな理由でついてきちゃダメだ。

そう思って必死に訴えるのだけど、

「……やっぱり」

なぜか僕の主張はまったくの逆効果だったようで。

「……私にはエリオしかいないよ。エリオのいない王都になんて、絶対に戻らない」

「え、ちょっ、話聞いてた!? まっ、アリシ……アッ――――――!?」

――その後。

まるでケダモノのように興奮したアリシアに僕は体中を貪り尽くされ、朝日が昇る頃には絶倫スキルをもってしても対抗できないほどに搾り取られていた。

戦闘に長けた〈神聖騎士〉は、どうやら体力全般が人並みを外れるらしい。

▼第5話　さらなる急成長

「……朝……いやこれ、もうお昼……?」

目が覚めると、既にお日様が空のてっぺんにあるような時間だった。

「それにしても昨日は…………………………色々あったなぁ」

寝ぼけた頭が覚醒するにつれて色々と思い出す。

王都を追い出されたこと。

最低最悪の〈ギフト〉である〈淫魔〉が謎の成長を見せたこと。

人食いボアの群れに襲われたこと。

それから……、

「……っ」

思い出すだけで顔から火が出そうになる。

「アリシア、激しすぎだよ……」

いつもクールなアリシアがあんなにも情熱的に僕を求めてくるなんて……。

正直なところ凄く嬉しい。

昔から気になってた女の子が家出してまで追ってきてくれて、燃えさかるような気持ちを(物理的に)ぶつけてきてくれたのだ。

この身を賭してでもその気持ちに応えたいという思いが湧いてくる。

そうしてアリシアへの気持ちが膨れ上がるほど、やっぱり彼女みたいな人が僕なんかと一緒にいちゃいけないんじゃないかと思えてしまうけど……。

あれだけ情熱的なアリシアの気持ちを知ってしまったら、もう王都に帰れなんて言えるわけがなかった。

僕とずっと一緒にいたいというアリシアの気持ちを、〈淫魔〉なんて〈ギフト〉でどこまで守れるのかは、わからなかったけれど。

「って、そういえばアリシアは……？」

と、乱れたベッドの上にアリシアの姿がないことを不思議に思っていたところ、

「……あ、起きた？」

「っ!?」

備え付けのシャワーを浴びていたのだろう。

タオル一枚だけで身体を隠したアリシアが微笑みながら部屋に戻ってきた。

その色っぽい姿に昨日の情景がさらにくっきりと思い起こされ、僕はその場で固まってしまう。と同時に、下半身にもまた熱が溜まっていく。

（っ！　昨日あれだけ搾り取られたはずなのに……！　これも絶倫スキルのせい……!?）

恥ずかしいスキルの効果に赤面して縮こまる。

「……あ」

けどそうやって隠そうとしたのがよくなかった。

僕の異変に気づいたアリシアはまた昨日みたいに熱っぽい表情を浮かべ、

「嬉しい……エリオ、また続きをしてくれるんだ……」

「いやちがっ」

否定は無意味だった。

アリシアは凄まじい速さで肉薄すると、また僕をベッドに押し倒す。

「ちょっ、アリシア！ もうお昼だから！ 廊下に人の気配もあるから！」

「どうして抵抗するの……？ エリオだって昨日、たくさん好きって言ってくれたのに……」

「い、いやそうだけど……っ」

僕はまた盛大に赤面する。

確かに昨晩、アリシアに全身をドロドロに溶かされたとき、圧倒的な快感と幸福感に朦朧としながらそんなことを連呼した記憶はある。

それは本音だ。

けどほら、節度ってあると思うんだ。

「お昼は移動に使いたいし、一日中そういうことしてるわけにはいかないんだから、ひとまず下の食堂でご飯でも――」

「……そういう難しいことは、お互いすっきりしてから考えよ……？ 早く子供が欲しいし……昨日みたいに、私がエリオを素直にしてあげる」

しかし僕の説得もむなしく、アリシアが僕の下半身に手を伸ばす！

「いやいやいや！ だからこういうのはよくないってば！」

僕は無駄とわかっていながらアリシアに抵抗しようとする。

けど僕の抵抗なんて〈神聖騎士〉からすれば可愛(かわい)らしいもので、むしろアリシアの興奮を煽(あお)るだけになってしまう。

……はずだったんだけど。

「……？　……え？」

僕に手を掴(つか)まれたアリシアが目を丸くする。

続けて僕も首をひねった。あれ？　アリシアが止まってる？

「アリシア……？　やっとわかってくれた……？」

「……いや、私は俄然(がぜん)、エリオを犯すつもり」

と、アリシアが引き続き真剣な表情でまた僕に迫ってきた！

けれど……、

「……！」

アリシアは多分、全力で僕の服を脱がそうとしている。

けど無駄だった。

僕に手を掴まれたアリシアはそれ以上先へと進めなかったのだ。

ぴくりとも動かない、なんて圧倒的な差じゃない。

けれど確実に、僕は自分の力でアリシアの暴走を食い止められていた。

「「おかしい……」」

僕とアリシアの声が重なる。

と同時に、僕は「まさか……」と自分のステータスプレートを見た。

エリオ・スカーレット　ヒューマン　〈淫魔〉レベル50

所持スキル

絶倫Ｌｖ５　　　男根分離Ｌｖ１

男根形状変化Ｌｖ１　男根形質変化Ｌｖ１

主従契約（Ｌｖなし）　異性特効（Ｌｖなし）

「……っ⁉」

言葉を失った。

は？　レベル50？

それになんだこの頭のおかしいスキル。

聞いたこともなければ聞きたくもなかったようなスキルが新しくいくつも発現していて、僕は頭が沸騰しそうになる。

けどもしかすると、これはなにもおかしなことではないのかもしれない。

昨日は自分で自分を慰めるだけでレベルが上がってたんだ。

アリシアみたいなとんでもない美少女と何度も「仲良く」したなら、これだけ成長するのも当然といえた。

……いやいやっぱり頭おかしいよこの〈ギフト〉。本当になんなの……。

と、僕が茫然自失としていたところ、

「……エリオ凄い。どうしてこんなに成長してるの……？」

「っ!?」

アリシアが僕の生き恥ステータスプレートを覗き込んでいることに気づいて僕は肩を跳ね上げた。

「わあああああっ!?　ダメだよアリシア！　見ないで！」

ステータスプレートは通常、自分だけに見えるか他人にも見えるかの状態を選ぶことができる。だけどこのとき僕は混乱してアリシアにも見えるようにしてしまっていたのだ。

ステータスプレートの内容を知られることは命にも関わるため、もともと他人に見せるのには抵抗がある。加えて僕の場合は顔から火が出そうな内容ということもあり、僕は全力でアリシアに「見ないでぇ！」叫んでいた。

と、そのときだ。

キュイイイイイイイイイッ！


「「え？」」

再び僕とアリシアの声が重なった。

タオル一枚だったアリシアの下腹部から、いきなり強烈な光が溢(あふ)れたのだ。

かと思えばその光はすぐにおさまり……その変化が僕とアリシアの目に入った。

タオルのずれた位置からのぞく、アリシアの下腹部。

おへそからおへその下にかけての辺り。

そこには使役モンスターの体表に浮かび上がるものとよく似た、けれどどこか卑猥(ひわい)な紋様がくっきりと刻まれていた。

▼第6話　主従契約

「な、なにこれ……？」

アリシアの下腹部に出現した紋様に僕が混乱を加速させる中、アリシアが冷静に言う。

「……よくわからないけど、エリオの声に反応しているように見えた。……〈ギフト〉を授かったときによくあるスキルの暴発かもしれない。エリオ……恥ずかしがらずにもう一度ステータスプレートをよく見せてみて」

と、アリシアが再び僕のステータスプレートを覗（のぞ）き込もうと身体（からだ）を寄せてきた。

けれどその直後、

「……？」

アリシアの下腹部に刻まれた紋様が薄く発光した。

途端、彼女の身体が急に明後日の方向を向く。

首を傾（かし）げたアリシアはまた僕のほうに向き直るのだけど、ステータスプレートを見ようとした途端また回れ右をしてしまう。

まるで僕がさっき叫んだ「（ステータスプレートを）見ないで！」という叫びに逆らえないかのように。

「こ、これって……」

まさかと思い、僕はアリシアに「ステータスプレートを見てもいいよ」と言ってみる。

「……見えた」

すると今度は紋様が発光することもなく、アリシアは普通に僕のステータスプレートを覗き込むことができた。

嘘（うそ）だろ……と僕は目を見開くけど、目の前で起きた出来事はすべて事実だ。

紋様が刻まれる直前に僕が叫んだ「（ステータスプレートを）見ないで」という言葉。

アリシアがそれに逆らおうとするたびに淡く光る紋様。

それから僕のスキル欄に刻まれた〈主従契約〉というスキル。

信じがたいことだけど……これらの事実を前に考えられる可能性は一つだけだった。

「僕とアリシアの間に、主従契約が結ばれてる……!?」

主従契約。

それは本来、〈テイマー〉と呼ばれる〈ギフト〉を授かった者がモンスターに施す使役スキルのことを指す。

戦闘不能に追い込むとか、一定時間以上触れ続けるとか、様々な条件を満たすことで契約が結ばれ、モンスターに言うことを聞かせられるようになるのだ。

特別なアイテムと複雑な段取りを施せば人間同士で主従契約を結ぶことも可能で、主に犯罪者の労役に使われたりするのだけど……もしこれが主従契約だとするとおかしなことがある。

「……エリオの言うとおり、主従契約で間違いないと思う。けど、変。聖騎士系〈ギフト〉はそういうタイプの攻撃をほぼ無効化するはずなのに」

そう。

聖騎士系の〈ギフト〉を授かった人間は所持スキルに関係なく精神攻撃系のバッドステータスにとても強い耐性を持つ。ゆえに〈聖騎士〉は国防などで特に重宝されるわけで。〈聖騎士〉系の中でも最上級の性能を持つだろうアリシアは、一際その傾向が強いはずなのだ。

普通ならどんな手段を使っても主従契約なんて結べやしない。

だとすると考えられる可能性は……僕の発現したスキルが、条件さえ満たせば〈神聖騎士〉相手だろうと問答無用で主従関係を結べるくらい強力なものかもしれないってことだけど……あり得ない。

大体そんな強力すぎるスキルが仮に存在したとして、〈神聖騎士〉を〝テイム(主従契約)〟するなんてよっぽど厳しい条件があるはずだ。

そんな条件、一体いつ満たしたっていうんだ。

「いや、いまはそれより……」

その辺りは考えても仕方がない。

本来ならあり得ないことだけど、主従契約は実際に結ばれてしまっている。

だとすれば真っ先に考えないといけないことがほかにある。

「こんな契約いますぐ破棄しないと……！」

〈神聖騎士〉をテイムするなんて罰当たりもいいところだし、なによりアリシアとこんな関係でいるなんて僕自身が嫌だった。

相手の意思を無視してなんでも命令できる状態なんて、とても健全とはいえない。

「……私は別にこのままでいいけど……これでずっとご主人様と一緒にいられるから」

「ごしゅっ……僕がよくないの！　僕はアリシアとちゃんとした関係でいたいんだから！」

「……っ。……やっぱり私、エリオが凄く好き……」

こんな異常事態にもかかわらず無表情でノリノリなアリシア。

そんな彼女に顔を赤くして叫びつつ、僕は契約解除方法を考えてみる。

……けど、一体どうすればいいんだろう。

人にテイム契約を行う場合は首輪や腕輪といった特殊なマジックアイテムが必要で、主人サイドが様々な工程を踏んだ上でマジックアイテムを外せば契約は解除できる。

一方、アリシアには紋様こそあれどマジックアイテムなんて嵌められていない。

〈テイマー〉の契約解除法に倣って、紋様に手をかざしながら「契約解除」と口にしてみるも、紋様はまったく反応なし。

どうしていいのかさっぱりだった。

「こうなってくると……契約破壊のアイテムに頼るしかないのかな……」

この世にはテイム技術を悪用する人もいる。

そうして無理矢理隷属させられた人を助けるため、契約を外部から強制的に破壊できるアイテムが存在するのだ。

けどそのアイテムはかなり厳重に管理されている。

テイム技術が基本的には犯罪者の労役に使われている以上、契約破棄アイテムが流出すると犯罪者の脱走に繋がってしまうからだ。

なのでこのアイテムを自らの裁量で自由に使えるのは一握りの王侯貴族か……あるいはかなりの実績と信頼を積み上げたトップクラスの冒険者に限られている。

僕の生家であるスカーレット家は国防が主な任務だったから、契約破棄アイテムの管理は任されていない。父さんは困ったら助けてくれると言ってくれたけど、契約破棄アイテムを使わせてもらおうとすれば他家に詳細な事情説明を求められるだろう。

そうなればアリシアの名誉が著しく傷つけられる。

もしいつかアリシアが王都に連れ戻されることになるとしても、最悪、この淫紋が消えるまでは掴まるわけにはいかなかった。

……いやまあ、ヤることヤってしまっている上にアリシアが僕の子供を孕む気満々なことを考えると今更な気もするけど……主従契約をされるというのはそのくらい不名誉なことなのだ。

「となると、取り得る選択肢は『素性を隠したまま冒険者として名を上げる』の一択かな……どのみちアリシアと一緒に居続けるためには生活費や逃亡費も稼がないといけないんだし」

王都を追い出された当初は〈淫魔〉なんて〈ギフト〉でどう身を立てようかと途方に暮れていたけれど、〈神聖騎士〉であるアリシアと、そのアリシアと力比べで勝てるようになった僕なら冒険者として名を上げることもきっと可能だ。多分。

とはいえ、契約破棄アイテムを使わせてもらえるほど実績を積むにはどのくらい時間がかかることやら……と僕が色々と考えていると、

「……契約破棄をするには、レベルを上げるのも一つの手だと思う」

なぜかついさっきまでぽーっと僕を見つめて黙り込んでいたアリシアがぽそりと呟いた。

「……スキルのLv以外にも……本人のレベルが上げればできることが増えるらしいし……契約を結ぶスキルとは別に、解除するスキルも発現するかもしれない」

「あ、そっか」

確かにそうだ。

まあ〈淫魔〉なんて〈ギフト〉は前例がないから、そう都合よく解除できるようになるかはまったくの未知数なんだけど……やれることはなんでも試しておくべきだろう。

レベルを上げて強くなれば、もし王都からアリシアを連れ戻そうとする追っ手が来ても逃げやすくなるし。

……っていっても、僕のレベルアップ方法って要するに……エッチなことなんだよね……。

と、僕が赤面していたときだ。

「……じゃあエリオ……エッチなこと、しよっか……？」

「え!?」

再びアリシアが僕を押し倒してきた!?

「……〈ギフト〉やスキルの卑猥な名称。それに今朝の急激なレベルアップから考えて……エリオのレベルアップ条件は多分、エッチなことで、間違いないよね……？」

バレてる！

「……私との主従契約を解除したいんだよね？　だったらほら、たくさんエッチなことしないと……」

「そんなこと言って、アリシアがそういうことしたいだけでしょ!?」

「……だから？」

開き直った!?

いや僕だってアリシアとは、その、たくさんしたいし、嫌なわけじゃないけど……だからってまだ王都から近いこんな場所で一日中〝仲良く〟するわけにはいかないでしょ！

いずれにせよレベル上げが重要なのは確かだから僕もそこは否定しないけど、やっぱりそれは夜だけにしないといけないと思う。……正直、僕もこんなに可愛い両想いの子に迫られ続けたら歯止めがきかなくなる自信があるのだ。絶倫スキルなんてものまであるし……。

「あ、そうだ！」

そこで僕は思いつく。

本当はこんなもの使いたくないんだけど……主従契約があるならアリシアを止められる。

「アリシア、エッチなことは夜だけだよ！」

全力で叫んだ。

けれど、

「……エッチなことが夜だけなんて、誰が決めたの？」

「あれ……？」

アリシアが止まらない!?

僕が困惑していると、アリシアは僕の下半身にぐぐと顔を近づけようとしながら、

「……もしかすると、〈淫魔〉の主従契約スキルだから、エッチなことを止める命令はできないのかも。……えへへ、やった」

冷静に僕のスキルを分析していた。

嘘でしょ!?

ああもう！

解除方法のわからない主従契約なんて厄介な性能をしてるくせに肝心なときに役に立たないなんて、どれだけろくでもないスキルなんだ！

主従契約が勝手に発動したことといい……少しでも早く各種スキルの詳細を確認しておかないと危なっかしいことこの上ない。

そんなことを考えながら僕は自制心を総動員し、どうにかアリシアの誘惑を振りほどいた。

――そうして。

変態〈ギフト〉を授かった僕なんかを追いかけてきてくれた幼なじみと少しでも長く一緒に

いるため、その気持ちに応え続けるため、王都を追放された僕の駆け落ちじみた逃避行の旅が始まるのだった。

I was banished from the capital. But the more I get along with the girls, the stronger I get.

「それにしても……家出はもう仕方ないとして、やっぱりブルーアイズ家の人はアリシアのこと心配してるんじゃないかな。ほら、アリシアのお母さんなんかは武者修行とは無縁の家系だし」

「……大丈夫。お母様、言ってたから」

「『私の娘で、しかも神聖騎士なんて戦闘系最上位〈ギフト〉を授かった子が夜の営みで満足できるような相手、絶倫なんてスキルを発現した人しかいない。しかもそれが初恋の人なんて運命、絶対に、どんな手を使っても逃がすな』って」

「え」

「……だから心配するどころか、私にすぐ追っ手がかからないよう、お父様を介して時間稼ぎしてくれてるまである……と思う」

「そ、そうなんだ……」

（ブルーアイズ侯爵がたまにやつれてるように見えたのは気のせいじゃなかったのかも……）

第二章

▼第7話　スキル検証その1　男根形状変化

宿の一階で遅い朝食（というかほぼ昼食）をとったあと、僕とアリシアは御者のギルさんに書き置きを残して即座に宿を発った。

本当はちゃんと別れの挨拶をしたかったのだけど、そうするとギルさんには〈神聖騎士〉出奔の片棒を担がせるようなかたちになってしまう。申し訳なく思いつつ、僕とアリシアはこっそりと街を出るのだった。

父さんが多めに渡してくれた路銀を惜しみなく使い、マジックアイテムで強化された高速馬車や風魔導師便など、高級な移動手段をこれでもかと多用。行き先がすぐ特定されないよう顔を隠しながら道中で業者を何度も乗り換え、ひたすら王都圏から離れていった。

目指す方角も父さんが勧めてくれた西ではなく、少しずれた北西だ。

そうして三日ほどが経った頃。

僕とアリシアがたどり着いたのは、王国内でも辺境と呼ばれる地にある城塞都市だった。

辺境城塞都市グレトナ。

王都から距離があり、治安も悪くなく、それでいて地域一番の街とあって人流が多いため雑踏に紛れやすい。駆け落ち状態の僕たちが身を潜めるのにもってこいの都市だった。

ひとまずはここをしばらくの拠点にしようと、数週間単位で宿をとる。

さて、そうなると次にやるべきことは当面の生活費を稼ぐと同時にアリシアの淫紋解除にも繋がる冒険者登録なのだけど……。

城塞都市にひとまず腰を落ち着けた翌日、僕とアリシアは街の近くの森にやってきていた。

わざわざ冒険者登録を後回しにしてこんな場所に来た理由はひとつ。

先日一斉に発現した〈淫魔〉スキルの効果を検証するためだ。

スキルというのは通常、ステータスプレートに名称が記載されるだけで、効果効能は実際に使ってみなければわからない。

昔から大勢の人が発現しているような〈ギフト〉のスキルなら詳細が伝わっているけど、僕の〈淫魔〉はほかに発現した人がいないみたいだから、すべてが手探りなのだ。

よくわからないスキルをよくわからないまま放置しておくと、またぞろ主従契約暴発みたいな事故が起きかねない。

なので冒険者登録をする前に、しっかりと自分の力を知っておかなければという話になったのだ。森を選んだのは人目を避けると同時に、なにが起きても周囲に迷惑をかけないためでもある。

「……じゃあ、はじめよっか。エリオ、ステータスプレートを見せて」

「うん……」

アリシアに言われ、僕は羞恥を我慢しながらステータスプレートを開示する。

エリオ・スカーレット　ヒューマン　〈淫魔〉レベル65
所持スキル
絶倫Ｌｖ６　　　　　男根分離Ｌｖ２
男根形状変化Ｌｖ４　男根形質変化Ｌｖ４
主従契約（Ｌｖなし）　異性特効（Ｌｖなし）
男根再生Ｌｖ１（ＮＥＷ！）

……うん、まあ、各種レベルが上がったり新しいスキルが出てたりと、明らかに以前より成長していることについては察してほしい。

アリシアと合流してから毎晩のように仲良くしていた結果だ。

さすがにレベルが上がってきたせいか最初のような急成長ではないけど、それでも普通じゃないレベルアップ速度だった。

〈淫魔〉が普通じゃないのか、それとも「仲良く」している相手が普通じゃないからか。

それはさておき、僕らは早速スキルの検証を始めることにした。

「……上から順に試していこう。……まずは男根形状変化ってやつだね」

言って、アリシアが僕のズボンに手をかける。

って、なにやってるの!?

「……だってこれ、スキルの名前からしてエリオの〝お馬さん〟の形が変わるみたいだし……検証するにはちゃんと見えるようにしないと」

「そ、それはそうだけど……」

ここ屋外だよ!?

「大丈夫……人なんて滅多に来ないだろうし……もし来ても〈神聖騎士〉の周辺探知スキルですぐにわかるから」

そう言われては反論できず、僕は観念してズボンを下ろした。

うぅ、恥ずかしい……。

「ええとそれじゃあ……男根形状変化」

スキル発動の最も簡単な方法として、僕はその頭おかしいスキル名を口にする。

するとその瞬間。

ビキボコォ！

「うわっ!?」

僕は思わず悲鳴をあげた。

僕のアソコに、いきなり変なゴツゴツの突起？　がたくさん生まれたからだ。

まるで真珠を埋め込んだかのような形状に、僕は恐れ戦く。

「え、ええ、これ大丈夫なのかな……？　痛くはないけど……」

男は誰しもアソコになにか異常があるともの凄く怖くなる。

例に漏れずビビり倒した僕が「戻れ」と念じると、幸いにもアソコはすぐに元の姿に戻ってくれた。よかった……。

その事実にほっとしつつ、僕は自分のスキルに改めてドン引く。

「アソコの形状が変わるって……一体なんの役に立つっていうんだ……」

ただ卑猥なだけじゃないか。

そう思って項垂れていたところ、

「……エリオ。もっと試してみよう」

アリシアが無表情で、しかし目を輝かせてそう促してきた。

「……形状変化っていうくらいだから、念じながら発動させれば色々なかたちに変わるのかも。先端だけ膨らませるとか、根元にちょっとした突起を生やすとか……反り返りを強くしてみるとか」

なんかやたらと具体的だね!?

「……なにができるのかなにができないのか……詳しく調べておかないとでしょ？　ほら、やってみて」

有無を言わせぬアリシアに押され、僕は仕方なく男根形状変化を発動させる。

……できた。

アリシアの注文に従って念じると、僕のアソコはその形を様々に変化させた。

しかもその自由度はかなり高い。

半ば悪ノリというかヤケクソで色々試した結果、先端を手の形にするとか、無数の触手が生えたようなかたちにするといったことまで可能だった。

変化の速度もかなりのもので、ほぼ一瞬で僕がイメージした形に変化する。

唯一できなかったことといえば、一定以上の大きさにするという変化だけ。

根元から生やした突起を大きくして擬似的にアソコの本数を増やしたり、数倍の大きさに変化させることはできたけど、それ以上は無理だった。

質量についてはスキルのＬｖによって変化させられる大きさが変わるのかもしれない。

……心底どうでもいい。

と、僕がその卑猥なスキルにドン引きする一方、

「……エリオ凄い。さすがは私の運命の人。とっても素晴らしいスキル。……ねぇ、そのスキル、もっと具体的に試してみよう……？」

アリシアが僕のスキルを絶賛しながら下を脱ぎ始めた⁉

「ダメだってアリシア！　ここは外だし、夜まで我慢って約束でしょ⁉　ほら次のスキルいくよ！　男根形質変化！」

屋外はさすがにヤバすぎる。

僕は息を荒らげるアリシアを必死に宥めつつ、次のスキル検証へと移った。

▼第8話　スキル検証その2　男根形質変化　男根分離……そして

「男根形質変化」

ビキビキビキィ！

僕がスキル名を口にした途端、アソコが岩のように硬くなった。

うん、率直に言って死にたいですね。

「……わぁ、凄い。岩みたい……というより、岩そのもの……だね」

「ちょっ、アリシア、屋外で触っちゃダメだって……！」

つんつん。こんこん。

アリシアが僕のアソコを指先で弄ぶ。

彼女の言うとおり、僕のアソコは「岩のように硬い」ではなく「岩そのもの」になっているみたいで、硬質な振動が下半身に伝ってくる。

けれどどうも触覚は健在のようで、アリシアの柔らかい指の感触に僕は腰が引けてしまった。

……ちなみに。

絶倫スキルのＬｖが５に上がってから、僕はいま自分の性欲を完全に制御することができている。鎮めようと思えば人並みに、いざ夜戦へとなれば文字通り底なしの精力を発揮することができるのだ。

そうでなければ今頃は増大した性欲に飲まれて一日中アリシアと仲良し（意味深）していただろうし、いまもアソコをつんつんされたことで色々と爆発していたかもしれない。

……とまあ、絶倫スキルの思いがけない効果はともかく、スキル検証の続きだ。

どうもこの「男根形質変化」はアソコの材質を変えることができるらしい。

先ほど色々と試したように、僕は様々なイメージとともに「男根形質変化」と唱えてみる。

すると僕のイメージ通り、アソコが木や鉄といったものに変化した。

変化速度は「男根形状変化」と同様、ほぼ一瞬だ。

そこでふと、僕は嫌な予感に駆られる。

「……これ、危ないものに変化したりしないよね」

今回の検証は〈淫魔（いんま）〉の意味不明なスキルが思いがけない効果を発揮しないか探ることが主な目的だ。ゆえに僕の思考は自然とスキルの活用ではなくリスクのほうへと傾いていた。

「男根形質変化」

僕はアソコからアリシアを引き離しつつ、毒や炎、瘴気といった人に害をなすものをイメージしながらスキルを発動させる。

けれど幸いなことに、僕のアソコはそういった危険物には変化しなかった。

色々と試したけど、どうも変化できるのは固体に限られるようだ。一安心である。

「けどまあ、Ｌｖが上がったらどうなるかわからないし、これに関してはその都度検証したほうがよさそうだけど……ひとまず次いってみようかな」

男根形質変化の安全性が確認されたところで、僕は次のスキルに目を移す。

ある意味で今日一番の問題スキルだ。

男根分離Ｌｖ２
……うん、まあ、字面から効果の予想はつくんだけどさ。

僕はアソコに手を添え、おそるおそるスキルを発動してみる。

「男根分離」

ぽろっ。

「うわあああああっ!?　とれたああああああああ!?」

僕はその胃がきゅっとするような光景に思わず悲鳴をあげていた。

予想通り……というか予想以上にあっさりと、僕の男根が根元からもげたのだ。

生えていた部分は最初からなにも生えていなかったようにつるつるの真っ平ら。

僕の手に落ちてきたアソコは体から分離したにもかかわらずドクンビクンと脈打っていた。

なんなのこれ!?　こんなスキルが発現するなんて〈淫魔(いんま)〉って〈ギフト〉は本当にどうなってるの!?

と、僕がその恐ろしいスキルに卒倒しそうになっていたときだった。


「きゃあああああああああああああああああっ!?」


アリシアのものではない、女の子の絶叫が森の中に響いた。

「うわあああっ!?　違うんです違うんです！　僕は変態じゃないんです！」

下半身を露出しながらアソコを分離しているところを見られた!?　と僕は肩を跳ね上げる。

それからほとんど反射的にズボンを引き上げて――そこで僕は分離した自分のアソコを握りしめたままであることに気づく。

「うわあああっ!?　元に戻すの忘れてた！　というかこれちゃんとくっつくの!?」

もう一度ズボンを下げて接合できるか試したいけど、ここでまたズボンを下げたらそれこそ言い訳のしようのない変態だ。

僕はたたみかける事態にパニックを加速させながら、自分の男根を懐(ふところ)にしまった。

と、そのときだ。

「……違う。エリオ。この悲鳴は私たちを見つけたからじゃ、ない」

アリシアが真剣な表情で周囲を見渡した。

そういえば……アリシアは探知スキルが使えるから周囲に人が近づけばわかるはずだ。

アリシアの反応が遅れたのは悲鳴をあげた女の子がそれなりに遠くにいるから。

よく思い返せば、確かにいまの悲鳴は近くから聞こえたものじゃなかった。

つまり悲鳴の原因は僕ではなく……、

「行こうアリシア！」

「……うん」

悲鳴が聞こえてきた方向へアリシアとともに駆ける。

いくつかの茂みを突き破ったところで、その光景が目に飛び込んできた。

「来ないで！　来ないでよ！」

恐らく僕たちと同世代だろう赤毛の少女がモンスターに襲われていた。

護衛らしき人たちが地面に倒れていて、少女はその人たちを見捨てられないとばかりに剣を握っている。けれどその両手はぶるぶると震えていて、完全に腰が引けてしまっていた。

だがそれは少女が戦闘慣れしてなさそうだから……というだけの理由ではないだろう。

「アーマーアント……!?」

少女に迫っていたのは、参考レベル40と言われる巨大な昆虫型モンスターの群れだったのだ。深い森の奥に生息するはずのモンスターがなぜこんな街の近くに……という疑問は後回し。

僕とアリシアは剣を抜き、少女とモンスターの間に割り込んだ。

「アリシア！　こいつらは確か甲殻が金属みたいに硬い！　斬撃は剣がダメになるから、柄で打撃攻撃を！」

「……わかった」

「「「ギイイイイイイイイイイイイッ！」」」

少女に迫るアリたちの頭に攻撃を叩き込む。

レベル65に達した僕の攻撃でアリたちは一撃で撃沈。

アリシアもまだレベルはかなり低いはずなのに、レベル40のアリたちを相手に有効打を叩き込みまくっていた。さすがは伝説級の〈ギフト〉である〈神聖騎士〉だ。

「……え？」

突然の助けに赤毛の少女が呆けた声を漏らす。

けれどすぐに状況を察した彼女は戦いの邪魔にならないよう護衛の人たちに駆け寄り、安全な場所まで移動させていた。

よし、この調子でいけばモンスターを一掃して負傷者を街まで運ぶだけの余裕ができる。

――そう思った矢先だった。

「「「ギチギチギチギチッ！」」」

傷を負ったアリたちが一斉に牙を鳴らす。

瞬間、僕の心臓がドクンと跳ねた。

そうだ確か、この群れるモンスターは……と王都で習った情報が頭をよぎった瞬間。

「グギイイイイイイッ！」

恐らく赤毛の少女を襲っていたアリたちは斥候に近い存在だったのだろう。

アリたちの緊急警報めいた鳴き声に呼び寄せられるようにして茂みの向こうから現れたのは、さらに十体近いアーマーアントを引き連れた巨大な影だった。

アーマーアント・プラトーン。

人食いボアのボスが、同一種の強個体から選出されるのとはわけが違う。

そいつはアーマーアントの小隊を束ねる完全なる上位種。

参考レベル80の怪物だった。

「……っ！　アリシア！　その子と倒れてる人たちをお願い！」

「……うん、任された」

守るべき人たちをアリシアに任せ、僕はその巨大な敵影に相対した。

何本もの大木をまとめて噛み切ってしまいそうなバカでかいアリに、僕は全力で剣の柄を叩き込む。

ドゴオオオオオオッ！

「グギイイイイイッ!?」

全身全霊をかけた一撃を受け、アーマーアント・プラトーンの巨体が大きく吹き飛んだ。

木々をなぎ倒し、ズズンと地響きが周囲を揺らす。

「す、凄い……私と同世代に見えるのに……一体何者なの……？」

「……さすがはエリオ。私が押し倒そうとしても押し倒せなかっただけのことはある」

赤毛の少女が唖然と声を漏らし、アリシアがアリの群れを食い止めながらぽつりと呟く。

僕もこのレベルになってから初めての全力に、〈淫魔〉ってなんだっけ、と目を丸くしていた。

だが、

「グギイイイイイイイイイイッ！」

アリのリーダーは平気な顔をして起き上がる。

僕の打撃を食らった部分が凹んではいたが、致命傷にはほど遠かったらしい。

アーマーアントの上位種というだけあり、金属の外殻強度も桁違いのようだ。

その反面、

「剣が……!?」

僕の全力とアリの硬さに耐えきれなかったのだろう。

かなり丈夫なはずの剣の柄がたったの一撃でイカれはじめていて、あと何度か叩き込めば完全に壊れてしまいそうだった。

「くっ……装備の質が圧倒的に足りない……！」

僕の剣だって低品質な安物というわけでは決してない。

王都から追放されるにあたって、父さんから餞別代わりに受け取った業物だ。

けれど明らかに別格な強さを持つアリたちのリーダーを相手取るにはどうしても強度が足りなかった。

アリシアが〈聖騎士〉の代名詞である聖剣でも持っていれば話は違ったかもしれないけど、〈ギフト〉を授かってすぐ家出した彼女もそこまで上等な武器は持っていない。

こうなったら普通なら逃げ一択……けど負傷した護衛を抱えて素早いアリの群れから逃げ切れるかどうかは疑問だった。

こうなればひたすら素手で攻撃を叩き込むか、折れた大木を利用するか……。

そんな策が頭をよぎるが、いずれも苦肉の策だ。有効とはとても思えない。

「くっ、素の身体能力では負けてないんだから、せめてあの外殻に通用する硬い武器さえあれば……！」

と、僕が歯がみしたときだった。

ズアアアアアアアアアッ！

「え？」

僕の強い想いに応えるようにして。
僕の懐――分離男根をしまっておいた辺りから、一振りの剣が飛び出してきた。

▼第9話　無双！　男根剣！

僕の分離男根を隠しておいた辺りから突如として現われたその剣は、狙い澄ましたかのように僕の手に収まった。

それはまるで、長年握ってきたかのようなフィット感。

右手にとてもしっくりするその剣を見て、僕は驚愕する。

「これ……男根分離に加えて形状変化と形質変化が同時に発動してる……!?」

形状変化で男根が剣の形に。

形質変化で男根が金属に。

そうして一振りの剣と化した僕の男根は、股間から分離したまま、いまこうして僕の手に収まっているのだった。

意味がわからない。

戦いの真っ最中だというのに頭を抱えて叫びたくなる。

だけど僕は自分のスキルに絶望するより先に、自らの手に握られた剣の材質に「まさか……!?」と見入ってしまっていた。

王都にいた頃ほんの数度だけ見たことがある、その圧倒的な存在感。

透き通るように美しい鈍色に、曇り一つない輝き。

そして書物に記されている通り、大きさに対して驚くほど軽いその重量。

僕の記憶が間違っていないならそれは恐らく、魔力の濃いダンジョンの下層で稀に採掘されるという希少金属の一つ。

アダマンタイトだ。

「いやいやいや！　そんな馬鹿な……!?」

脳裏をよぎった最硬金属の名前を僕は咄嗟に否定する。

確かに男根形質変化は僕のアソコを石や鉄、木といった様々な物質に変えてみせた。

だけどアダマンタイトなんて……たかだかレベル50で発現した一個人のスキル、それもたったＬｖ４でそんな馬鹿げた効果を発揮するわけがない。

スキルを検証していたときには試すどころか思いつきさえしなかった規格外の現象を、僕は咄嗟に受け入れることができなかった。

けど、そんな風に混乱している時間なんてありはしない。

「グギイイイイイイイッ！」

「っ！」

アーマーアント・プラトーンが体勢を立て直し、僕に突っ込んできた。

分厚い金属の外殻に覆われた巨体。それにそぐわぬ移動速度。

いまの僕でもまともに食らえば無事ではすまない攻撃だ。

加えて周囲のアリが連携を取り、僕の回避や防御を阻害しようとしている。

男根が剣に変化したことくらいで戸惑っている場合ではなかった。

「くっ！」

咄嗟にアリたちの頭上へと跳ぶ。

そして柄がイカれそうになっていた剣の代わりに、僕は男根の変化した剣を反射的に握り直していた。

さすがにこれが本物のアダマンタイトとは思えない。

けどせめて、元の剣より丈夫であってくれれば……！

そう願いながら、アーマーアント・プラトーンの体へ剣の柄を叩き込む。

次の瞬間――ドボゴン！

「グギャアアアアアアアアアアアアアアアアッ!?」

「え」

アーマーアント・プラトーンが先ほどとは比べものにならない悲鳴をあげる。

剣の柄を叩き込んだ部分が、大きく凹んでいたのだ。

そして着地した僕が握っていた男根剣はといえば……傷一つついていなかった。

僕の男根、硬すぎ……？

「じょ、冗談でしょ……!?」

あまりの事態に呆然とした声が漏れる。

と、今日何度目になるのかわからない驚愕に気を取られていたときだった。

「きゃあああああっ!?」

赤毛の少女の悲鳴が聞こえてきた。

見ればアリシアたちのほうへ十数匹のアリが群がり、気絶した護衛の人たちへその鋭い牙を伸ばそうとしていたのだ。

「……くっ」

アリシアはかなり善戦している。

けれど全方位から無数のアリにたかられては、どうしても守りに穴が出てしまうようだった。アリたちの攻撃が、いまにも赤毛の少女に届こうとしていた。

「っ！　バカか僕は！　戦闘中に男根がどうとかって気を取られすぎだ！」

ひゅんっ！

僕は咄嗟に駆けつけようとするが、さすがにこの一瞬では……！　と歯がみしたときだ。

「え？」

なにかが空を切り、宙を駆けた。

それは僕が握っていた男根剣。

そいつはまた僕の思いに応えるようにして、瞬く間にその形を変えていた。

すなわち、敵との距離を一瞬でゼロにするとてつもない長さの刃へと。

シュンッ！

「ギッ!?」

普通の剣なら軽くはじき返すはずのアーマーアントの外殻がいとも容易く貫かれた。

加えて、男根剣の威力はそれだけに留まらない。

「……っ！」

僕が咄嗟に剣を横になぐと、剣はまったく抵抗なくアーマーアントの体を通過。

隣にいた群れをまるでバターのように切り裂いていったのだ。

しかも驚くべきことに、男根剣はまったく折れる気配を見せなかった。

この剣はいま、リーチを伸ばす代わりにその刀身がかなり細くなっている。変化できる質量に限界があるせいだろう、いまは僕の指先よりも細い。

しかしそれでもまったく折れない。折れる気配もない。

そのまま僕の意のままに形を変える剣はアリシアと共闘するかたちでアリの群れを一匹残らずバラバラに解体する。

「グ……ギイイイイイイイイッ！」

あとに残されたのは、僕の打撃で動けなくなっていたアーマーアント・プラトーンだけ。

最後に一矢報いようとでもしているのか、僕に背後から襲いかかってきた。けど、

「形状変化」

今度はしっかりとイメージしてスキルを発動させる。

すると男根剣は刃を五つに枝分かれさせ、先ほどよりも細くなった状態で僕の背後へと伸びていった。目にもとまらぬ変形速度で
瞬間、ヒュッ！

「ギッ……!?」

風切り音とともに、アリのリーダーの断末魔が小さく響く。

そして次に響き渡ったのは、下級兵たちと同じように細断されたアーマーアント・プラトーンの巨体がバラバラに崩れ落ちる音だった。

「……」

そうして戦闘は一方的に終わり……静寂の戻った森の中で僕はもう確信せざるをえなかった。

アーマーアントの外殻をものともしない強度。硬度。切れ味。

僕のスキルで生成されたこれは、この剣は、本物のアダマンタイトだ。

しかもこいつは質量制限つきではあるけど、僕の意のままに形を変える魔剣でもあるらしい。

あり得ない。

いくつものスキルを同時発動した結果とはいえ、それでも規格外すぎる性能だ。

これなら並大抵の敵に苦戦することはないだろう。

けど……。

「自分の男根を武器にして戦うって……こんなのもう言い逃れのしようもない変態じゃないか……！」

なにが男根剣だ。どうかしてるんじゃないのか。

僕はがっくりと膝から崩れ落ちる。

こんなのもう性騎士……いや性器士だ。

みんなを助けられたことは本当によかった。

けど幼い頃からずっと憧れていた〈聖騎士〉とどんどん乖離していく自分に、僕は改めて打ちのめされるのだった。

▼第10話　修羅場フラグ（？）

「戻れ」

そう念じると、アダマンタイト製の魔剣がふにゃっとした男根に戻った。

「スキル発動」

アダマンタイト製の魔剣をイメージしてスキルを発動させると、僕の男根が一瞬で剣に変わった。

……うん。

まあわかってたけど、やっぱりこの強力な武器は僕の男根そのものだ。

なにかの勘違いならよかったけれど、僕はいま、間違いなく自分の男根を振り回して戦っていたのだ。僕のアソコは変幻自在の気色悪い武器になっちゃったんだね……。

どうにも受け入れがたい現実がなにかの拍子に変わったりしないかと、僕は自分の男根を変身させたり戻したりを繰り返す。

でも現実は変わらない。変わるのは僕のアソコだけだ。

と、僕がうつろな瞳でそんなことをしていたとき。

「あ、あの！」

背後から声をかけられた。

僕らが助けた赤毛の子だ。

そこで僕ははっと我に返り、手にした男根を懐（ふところ）に隠す。

こんなもの、アリシア以外の人に見られるわけにはいかないからね！

「助けてくれて本当にありがとう……！　あなたたちがいなかったら、間違いなく私たちはここで死んでたわ」

快活な街娘、という形容がぴったりの美人さんだ。

彼女は感極まったようにその整った相貌を崩しながら、丁寧に頭を下げる。

その所作はとても綺麗なもので、服装からしてもそれなりに裕福な家庭の出身であると察せられた。

と、彼女がその輝くような表情を僕に真っ直ぐ向ける。

「特にあなた。私と同世代とはとても思えない強さだった。あなたみたいな凄い人、ちょっとほかに見たことないくらいよ。街に戻ったら是非お礼をさせてください。私――ソーニャ・マクシエルにできることならなんでもするから」

僕が現実逃避で男根を変形させまくっていた間に、アリシアには既にたっぷりお礼を言ったのだろう。赤毛の子――ソーニャは思わず見惚れてしまうような笑顔とともに、僕に何度もお礼を言ってくれた。

けれど、僕はそこでふと気づく。

ハキハキ喋ろうと努めているような彼女の声はまだ少し震えていて、目の端には涙が浮いているのだ。

当然だろう。

ついさっきまで森の中でモンスターに襲われ、護衛ごと全滅させられる寸前だったのだ。

助かったとはいえすぐに気持ちが落ち着くはずもないし、そもそもまだ森の中なのだから安全とは言いがたい。

（こういうときは、ちゃんと安心させてあげるのが大事なんだっけ……）

国と民を守る性器士……いや〈聖騎士〉の家で昔から繰り返し教えられてきたことを思い出し、僕はソーニャの手を取った。

もちろん、しっかりズボンで手を拭いた上でだ。さっきまでアソコを握っていたような汚らわしい手で女性に触れるわけにはいかないからね！

「ふぇ!?」

目を丸くするソーニャの手を取ったまま跪き、僕は彼女を安心させるように微笑んだ。

「お礼には及びません。モンスターに襲われている人を助けるのは当然のことですから。僕たちが街まで送るから、もう安心して大丈夫ですよ」

さっきまで男根を振り回してた分際でなにをと自分でも思うが、まあうん、そこは割り切ろう。でなきゃやってられない。

と、僕が実家で学んだ所作でソーニャを見上げていると、

「……っ！」

彼女は髪の毛と同じくらいに顔を真っ赤に紅潮させた。え？

「〜〜〜っ！　か、可愛い顔して強くて紳士なんてこんなの反則……う、うわっ、なにこれ、

顔熱……っ⁉　あ、あ、そうだ！　こんなことしてる場合じゃなくて！」

ソーニャはなんだか一人で盛大に慌てふためくと、なにかを誤魔化すように大声で叫んだ。

「早く護衛のバーバラたちを街に運んで治療しなくちゃ！　助けてもらっておいて図々しいけれど……お願いします！」

あ、そうだった！

ソーニャに言われ、僕とアリシアは慌てて倒れていた護衛の人たちを担ぐ。

そしてまたいつモンスターが出るかわからない森を急いで駆け抜けた。

……その間、なぜかアリシアが「じーっ」と僕とソーニャに視線を向けていてどうにも気まずかったんだけど……護衛の人たちの容態が思いのほか悪く、その理由を尋ねる余裕もないのだった。


「ソーニャさん⁉　どうなさったんです⁉」

「森で魔物に襲われたの。お願い、すぐに回復系〈ギフト〉の人を呼んできて」

「わかりました！」

僕たちが街に戻ると、すぐに周囲がちょっとした騒ぎになった。

身なりや所作、護衛がついているという事実から薄々はわかっていたけど、ソーニャはこの辺境都市グレトナでそれなりに有名かつ地位のある子のようだった。

そのせいか、負傷した護衛をつれて街にたどり着くと門番に大層驚かれ、メインストリートにさしかかる頃には知り合いらしき人々を中心にちょっとした人だかりができてしまっていたのだ。

僕はまだいいとして、家出してきたアリシアが注目されてしまうのはよろしくない。

ここがいくら辺境とはいえ、アリシアは凄く可愛いから、こんなとこで目立てばすぐ有名になってしまうだろう。

なので僕とアリシアは背負っていた護衛の人たちを近くの人に託すと、そそくさとその場をあとにすることにした。

「えっ、ちょっと二人ともどこ行くの⁉　まだお礼どころか、お互いのこともほとんど話してないのに！」

と、そんな僕らを呼び止めるのはソーニャだ。

けど僕がアリシアとともに顔を隠しながら「ごめん」と小さく言うとなにやら察してくれたようで、

「……なるほど、訳アリなのね。ならせめて、教えて大丈夫な名前と使ってる宿だけでも教えてちょうだいっ。あとで絶対絶対お礼をするからっ」

真剣な表情でそんなことを言われてはさすがに断れない。

僕は少し考えたあと、「エリオール」という偽名と宿の場所を告げ、なぜかいつも以上に口数の少ないアリシアとともに今度こそその場をあとにした。

▼第11話　今日も淫(みだ)らな夜の女王

アリシアと宿に戻って食事を終える頃には、もうすっかり日が暮れようとしていた。

部屋に戻ってベッドに腰掛けると色々あった一日を振り返りながら眠ってしまいそうになるけど、その前に試しておかないといけないことがある。

「……これ、ちゃんと戻るよね？」

僕の股間(こかん)から分離した男根だ。

ずっとドタバタしてて懐(ふところ)に入れたままだった男根を取り出し、つるつるになっていた股間にそっとあてがう。

ピタッ……。

と、僕の男根は無事に股間と再結合。

感覚もちゃんと繋(つな)がって、問題なく男性機能を果たしてくれるようだった。

「よ、よかった……」

無事にアソコが戻ってきて僕はほっと胸を撫(な)で下ろす。

と、そのときだった。

「……エリオ。エッチ、しよ」

「え!?」

突如。それまでいつも以上に口数の少なかったアリシアがなんの脈絡もなく僕をベッドに押し倒してきた。なにゆえ!?

「……もう夕暮れだし、本当にエリオのお馬さんがちゃんとくっついたか、試さないとだし」

アリシアがそう言って僕の服を脱がしにかかる。

それはいつも通りと言えばいつも通りの光景だったのだけど……アリシアの様子が普段と少し違っていて僕は戸惑う。

なんというか……一言でいうといつもよりアリシアのケダモノ度が高い。

息は荒くて熱っぽいし、馬乗りになって僕を押さえつける動作が乱暴だし、こちらを見つめる瞳には情念にも似た熱が宿っているように見えた。

どうしたんだろうと疑問に思っていると、アリシアが口を開く。

「……エリオは、とっても魅力的な男の子だから。側室が何人いてもいいと思う。……ううん、むしろいたほうがいい。今日の戦いで改めてわかったけど……きっとエリオはこの先、凄いことをする人。跡継ぎはたくさん作らなきゃ……ダメ」

？？？？

い、一体なんの話だ？

いよいよ僕が混乱を極めていたところ、アリシアはその一言を口にした。

「……でも、エリオ。私、ワガママだから。エリオが側室を何人作っても、私は、私がエリオの一番じゃなきゃ、や」

そこで僕はようやくアリシアの真意を理解する。

ちょっと自惚れた考えかもしれないけど、多分間違いじゃない。

「もしかしてアリシア……ソーニャに嫉妬してる……？」

「……」

今日助けた少女、ソーニャの名前を僕が口にすると——ぷい。

アリシアが拗ねたように僕から顔を逸らす。

う、うわぁ、可愛い……。

僕はそんなアリシアを見て、思わず「ぷっ」と吹き出してしまった。

「……なんで笑ってるの」

「あ、ごめんごめん！」

いつも無表情なアリシアが珍しく眉をつり上げたので即座に謝る。

そして僕は吹き出した理由を語った。

「アリシアは心配性だなと思って。だって僕がアリシア以外の女の子とどうこうなるわけないでしょ？」

「……え？」

「改めて言うのは気恥ずかしいけど……僕は昔から、その、君のことが気になってたし……それになにより、〈淫魔〉なんて〈ギフト〉を授かって追放された僕なんかのために家を捨ててついてきてくれた子が一番じゃなきゃなんだっていうのさ。心配しなくても、アリシアがずっと僕の一番だよ。父さんは国防のためにも跡継ぎがたくさん必要ってことで奥さんが何人かいたけど、僕にはアリシアがいてくれれば十分すぎる」

そういえば、こうしてアリシアに自分の気持ちを真っ直ぐ伝えたのは初めてかもしれない。アリシアに貪られている最中に「好き」と連呼した（させられた？）ことはもう数え切れないほどだけど……。

と、そうして僕がアリシアに本音を語ったところ、

「……っ。やっぱり心配」

「うむっ!?」

アリシアがその柔らかい唇を重ねてきた。

そして激しく僕の唇をついばみながら、

「……エリオみたいな人、絶対にほかの子がほうっておかない。いまのうちに……たくさん独り占めしておかなきゃ」

言って、アリシアはいつも以上の激しさで僕を求めてきたのだけど……そこで僕は違和感

に気づく。いつも以上に激しいというか……激しすぎる⁉

「ちょっ、アリシア⁉　なにこれ⁉　腰の動きがなんでこんなに激し――うわっ⁉」

「……アーマーアントの群れを倒して、レベルが一気に上がったみたい。体力も倍増。つまり」

いつもの無表情からは想像もつかない妖艶(ようえん)な笑みを浮かべ、アリシアが呟(つぶや)いた。

「……今夜は寝かさない」

「アー―――――ッ⁉」

エリオ・スカーレット　ヒューマン　〈淫魔(いんま)〉レベル75

所持スキル

絶倫Ｌｖ７　　男根分離Ｌｖ３

男根形状変化Ｌｖ６　　男根形質変化Ｌｖ６

男根再生Ｌｖ２

主従契約（Ｌｖなし）　異性特効（Ｌｖなし）

▼第12話　装備新調の予想外

「あ、危なかった……」

翌朝。

というかまたしてもお昼に近い時間帯。

目が覚めた僕は可愛らしい寝息を立てて眠るアリシアを見下ろし、ぶるりと体を震わせていた。それというのも、レベルアップした〈神聖騎士〉であるアリシアが、その、凄まじかったのだ。

男根形状変化スキルが発現していて本当によかった。

自由自在に変化するアソコでアリシアを的確に攻めて体力を削ることができなければ、僕は今頃干物になっていただろう。

……いや、正確には形状変化スキルだけの効果じゃない。

実は昨日、僕はアリシアに押し倒される前から既にレベルが上がっていたようなのだ。

バタバタしていて気づくのが遅れたけど、思い返せば護衛の人たちを運ぶときにやたらと足が軽かったし、アーマーアントたちを倒したことでレベルアップしていたらしい。

〈淫魔〉はどうやらエッチなことをしたときだけでなく、戦闘でも成長できるようだった。

そうでなければ〈神聖騎士〉であるアリシアの体力＝精力増加に追いつけず、今頃は搾り尽くされていたかもしれない。

そんな可能性が頭をよぎるほど、昨日のアリシアは燃えさかる炎のように激しく僕を求めてきたのだ。

Ｌｖアップした絶倫スキルにも食らいついてくる〈神聖騎士〉の成長性に、僕は改めて戦慄する。さすがは伝説級の〈ギフト〉。

「それにしても、モンスターとの戦闘でもレベルが上がるっていうのは嬉しい誤算だなぁ」

これならモンスターを倒してお金を稼ぎつつ、レベルを上げて主従契約解除用のスキルが発現する可能性も模索できる。

一日中アリシアとエッチなことをしているわけにはいかない以上、昼の間に生活費を稼ぎながら強くなれるというのは重要なことだった。

……とはいえ、どうもレベル80のモンスターと真剣に戦うよりアリシアと一晩中気持ちいいことをしていたほうがレベルアップするみたいなんだけどね……（ステータスをチェックできなかったから正確なところはわからないけど、体感的にアーマーアントとの一戦で1、アリシアとの一晩で9ほどレベルが上がった感じがする）。

〈淫魔〉という〈ギフト〉はそうそう僕にまともな生活を送らせてはくれないらしい。

と、まあそれはそれとして、今日は〈淫魔〉の卑猥な性質を嘆いてはいられない。

スキル検証も（一応）一段落してこの街にも慣れてきた現状、アリシアとの駆け落ち生活を続けるためにも早めにやっておきたいことが二つほどあるのだ。

「ほらアリシア、起きて」

「……エリオ、すき……すきぃ……♥」

「……っ」

昨日の続きを思わせるようなアリシアの甘い寝言にドキドキしつつ、僕は心を魔族にしてアリシアを起こした。


今日のうちにやっておきたいこと。

その一つが武器の新調だ。

アーマーアントたちの群れと戦ったことで僕はもちろん、アリシアの武器も少しだけガタがきてしまっている。

武器は護身の要。多少懐が痛んでもすぐに新調しておきたかった。

「今日やりたいことその二」にも関係してくるしね。

一応僕には男根剣があるけど、あれを普段使いにするのは抵抗があるし……。

無闇に使って〈淫魔〉の変態スキルを周囲に知られる機会を増やしても利点もないし、普通の剣を持っておくに越したことはないのだ。

というわけで僕はアリシアと街へ繰り出した。

最初は寝ぼけていたアリシアも「……エリオとデート」とご機嫌だ。

よくよく思い返せば、僕もアリシアも王都にいた頃は気楽に外出もできなかったし、二人で街を散策するのは初めてだった。

そうして僕らは武器屋を中心に色々なお店を覗いて楽しんでいたのだけど、しばらくしたところで少々問題に直面してしまった。

「んー、あんまりいい武器がおいてないね」

「……うん。私たちの目が肥えすぎてるというのもあるけど、それを差し引いても、あまり質がよくない」

正確に言えば、僕やアリシアが元から持っていた剣よりもいいものはたくさんある。

けどどれも適正価格と比べてかなりお高いものばかりだったのだ。

どうも剣の材料を遠くから仕入れている関係上、製品が割高になってしまっているらしい。

困った僕たちは一度宿に戻り、受付の人に相談してみる。

すると、

「あー、この街一番……いえこの地域一番の鍛冶屋となると間違いなくウェイプスさんのとこですけど……」

受付のお姉さんはそこで少し言いよどみ、

「気難しいと有名な方ですので、お好みの武器が手に入るかどうかは保証しかねますよ？」

＊

教えてもらったお店に行くと、そこは路地裏にぽつんとある廃墟と見紛うような建物だった。こ、こんなの教えてもらわなきゃ絶対に気づかなかった……というか本当に武器屋なんだろうか。一応看板には「ウェイプス武具屋」とあるけれど……。

疑いながら僕たちはお店に入る……けどその瞬間、僕らはここが件の武器屋だと確信した。

「……これ、凄い品質」

「値段も安すぎだよ!?　これはもっととらなきゃダメでしょ！」

僕もアリシアも武門貴族の出身だ。

そこに陳列されている武器の価値が一目でわかり、目を輝かせる。

と、そのとき。

「あ～？　ガキがあたしの店でなにやってんだ？」

店の奥から、一人の女性が姿を現した。

浅黒い肌に少し筋肉質な体。後ろで一つにまとめた黒い髪の美人。

話に聞いていた通りの風貌をしたハーフドワーフの女性――ウェイプスさんは僕とアリシアをじろりと睨みつける。

「……チッ。大方〈ギフト〉を授かったばっかではしゃいでるガキってとこか。オラ、さっさと帰りやがれ！　たとえ王侯貴族に脅されようが、あたしは気に入った相手にしか武器は売らねーんだ！」

言ってウェイプスさんは品物の剣を抜き、僕らを威嚇してくる。

な、なるほど……だからこのお店は品質のわりに全然儲かってる感じがしないのか……と、僕はその職人気質全開なウェイプスさんを見て納得する。

しかし困った……せっかく素晴らしい武器の宝庫なのに、思っていた以上に門前払い感が凄い。気に入った相手にしか売らないと言いつつ、最初から試す気さえないみたいだし……。

うーん。凄くもったいないけど、受付の人に教えてもらった第二、第三候補のお店に行ったほうがいいのだろうか。

と、僕がウェイプスさんに圧倒されていたところ、

「……ん？　お前らその身のこなしに髪の色……」

ウェイプスさんがふと目を細めて僕とアリシアを見つめる。

「おいそこのガキ、名前は？」

「え？　僕ですか？　……ええと、エリオールといいますけど」

ソーニャにも名乗った偽名を告げる。

その途端、

「！　やっぱりお前がそうか！」

さっきまでいかめしい表情をしていたウェイプスさんが突如豹変。

満面の笑みを浮かべて僕の肩を抱いてきた。ええ!?

豊満な胸が当たって赤面しているとウェイプスさんは上機嫌に笑い、

「ソーニャのお嬢を助けたガキっつーのは、お前らのことだろ!? あたしの従姉妹がお嬢の護衛をやっててな。あたしからも礼をしねーとって思ってたとこなんだよ!」

聞けば、どうやらウェイプスさんはソーニャさんの身内みたいなものらしく、僕たちの存在を特別にこっそり教えてもらったとのことだった。

面食らう僕たちにウェイプスさんは続けて、

「で? ここに来たっつーことは武器がいるんだよな? おうおう、好きなやつを持ってけ! 金はいらねえからな!」

「え!? いやいや! そういうわけにはいかないですよ!」

ここの高品質な武器を譲ってもらえるのはとてもありがたいけど、いくらなんでもタダというわけにはいかない。そうでなくともここの武器は安すぎるというのに。

あまりに両極端なウェイプスさんに戸惑いつつ、「あ、でも」と僕は続けた。

「お金はちゃんと払うので、ひとつお願いさせてもらっていいですか?」

「お? なんだ?」

「アリシ……この子に見合った武器を見繕(みつくろ)ってほしいんです」

僕はアリシアの名前を伏せた上でウェイプスさんに告げた。

アリシアの〈ギフト〉は〈神聖騎士〉。

その成長速度は性よ……体力ひとつとっても〈淫魔〉に追随するほどで、秘めたる力は凄まじいものがある。

普通の武器だとすぐに使い潰してしまう可能性があるし、少しでもいい武器を手に入れられればと思ったのだ。

するとウェイプスさんは、

「……ははぁ、訳アリらしいから口外すんなとは言われてたが、なるほど。確かにお前ら、相当な訳アリだな。そこの嬢ちゃん、並大抵の〈ギフト〉じゃねえだろ」

ウェイプスさんはアリシアを一瞥しただけでそう断言すると店の奥に引っ込み、

「そんじゃこれだ。いま嬢ちゃんが腰に差してるものと同じサーベルタイプの中じゃこの店一番の自信作だ。銘は〈風切り〉。これを受け取ってくれ」

出された剣を見て僕だけでなくアリシアまで目を見開く。

それはどう安く見積もっても、王都の平均的な聖騎士の給料二、三か月分に匹敵するような名刀だったからだ。

「いやあの、本当にお金を払わせてくださいって！　さすがに申し訳なさすぎます！」

「あ!?　なんだクソガキ！　あたしの自信作を受け取れねえってのか!?　叩っ切るぞ！」

なんだこの人めんどくさいな!?

そしてその後、僕たちは結局ウェイプスさんの熱量に押し負けるかたちで〈風切り〉を受け取り、さらには「謙虚な姿勢が気に入った」と僕も分不相応のショートソードを一振り譲られてしまうのだった。

ソーニャは「あとで絶対に恩返しする」って言ってくれたけど……今日の出来事だけでお返しには十分すぎるや……。

▼第13話　冒険者登録

「……なんだかすごく良い武器が手に入っちゃったね」

「うん……いくらなんでもこれは、いまからでも返しに行きたくなるなぁ……」

僕はアリシアと街を歩きながら、手に入った分不相応の武器に少しドキドキしていた。

さすがにアダマンタイト化する僕の男根剣と比べれば常識的な範囲の武器だけど、それでも頑丈さや威力は普通の剣とは比べものにならない一品だ。

さらにウェイプスさんは「手入れも任せとけ。あと素材さえ採ってきてくれりゃあ、武器や防具の新調も請け負ってやるから、遠慮なく言えよ」とまで言ってくれたし、なんだかもう至れり尽くせりだ。

けれどまあ、ああまで言ってくれた人の申し出を断るのも逆に悪い。

僕はウェイプスさんの厚意をどうにか受け止め、次の目的地に足を向けた。

「ここがこの街の冒険者ギルドかぁ」

僕とアリシアが次に向かったのは、街の端近くにある大きなレンガの建物だった。

冒険者ギルト。

国軍とは別に、個人でモンスター退治や素材採取などを行う人々に仕事を斡旋してくれる施設だ。

主従契約破棄アイテムの使用許可を得るためには、冒険者として相応の信頼と実績を積み上げていかなきゃならない。

そうでなくとも毎日の生活費を稼がないといけない駆け落ち中の僕たちとしては、一日でも早く冒険者として働きはじめる必要があった。

いつかアリシアに追っ手がかかったときのためにも、戦闘経験は早めに積んでおきたいしね。

カランカラン。

アリシアとともに木製の扉を押し開く。

どこの街でもそうであるように、ギルドの中には酒場が併設されていた。

いかにも荒くれ者といった人たちの値踏みするような視線が突き刺さるけど、ひとまず気づかないふり。

僕とアリシアは真っ直ぐ受付に進み、少し緊張しながら受付嬢のお姉さんに声をかける。

今日のうちにやっておきたいことその二だ。

「すみません、冒険者登録をしたいんですけど」

「ではこちらの水晶に冒険者名とステータスプレートの登録を」

僕とアリシアはお姉さんの案内に従い、受付の隅に設置された水晶型マジックアイテムの前に立つ。

さて、まずは冒険者名の登録なんだけど……実はこれ、偽名や愛称でＯＫだったりする。

僕みたいに追放された貴族の家名が広がってしまうのを防ぐために有力者たちが圧力をかけたとか、後ろ暗い人間でもギルドにとっては貴重な戦力になり得るからとか、様々な要因が嚙み合った結果らしい。

そのせいでアリシアみたいな家出した人が身を隠して活動しやすくなってしまっているけど。貴族が家出することなんてそうそうないから、いままで問題にされなかったみたいだ。

冒険者が半ばアウトローの荒くれ商売という印象を持たれる理由のひとつである。

というわけで僕はソーニャたちにも名乗った「エリオール」という偽名で登録。

続いてアリシアが名前を登録しようと口を開いた。

「……え・り・お・の・お・よ・め・さ――」

「アリィ！　アリィにしよう！」

あまりに自由すぎる冒険者名を登録しようとしていたアリシアをすんでのところで止め、僕はそれっぽい名前をでっち上げる。あ、危なかった……。

〈淫魔〉とはまた違う意味で恥ずかしいことになるとこだった。

さて気を取り直して……次はステータスプレートの登録だ。

こちらも身分判明を避けたい場合、ギルドに開示する情報は任意で調整できる。

僕らの場合、開示するのは性別と年齢くらいで、〈ギフト〉はもちろん秘密。

レベルに関しても僕の数値がちょっと異常なので、騒ぎにならないよう隠蔽しておいた。

ステータスプレート自体が偽造不能の身分証明書として個々人にしっかり紐付いているので、実績の管理や報酬支払いにはそれで十分なのだ。

そうして手続きを終えた僕とアリシアが受付に戻ったところ、

「……両者ともに〈ギフト〉を授かったばかりの年齢で、名前と性別以外すべて空欄……これで登録する気ですか」

水晶から情報を受け取った受付のお姉さんの態度が明らかに刺々しいものになる。

そして僕らを突き放すように、こう宣言した。

「この内容で登録される場合、こちらの指定する方法で実戦形式の試験を受けていただくことになりますがよろしいですか？」

来た。

想定通りの展開に僕は「はい」と即答する。

「……大怪我をする可能性もありますし、なにがあっても責任は負えませんが？」

「大丈夫です」

脅すような態度で繰り返される確認にも怯まず、僕はきっぱりと頷いた。

冒険者稼業は冒険譚や英雄譚、それから一攫千金といった夢のある話の種になりやすい。

そのため〈ギフト〉を授かったばかりで浮き足立った子供や身寄りのない者が登録時の匿名性を利用し、弱い〈ギフト〉や発展途上のステータスを隠すことで分不相応な活動に従事しようとすることも少なくないのだ。

なので登録時のステータス開示情報があまりに少ない場合、ギルドは試験という形で実力を試し、場合によっては明確に心を折りに来る。

ギルドの威信、冒険者の質の維持、そして無駄に死人を出さないために。

「おいおいやめとけガキども～」

「ここの試験官はほかのとこよりずっとおっかねえぞ～！」

「なにせ高レベルの〈剛力戦士〉様だからなー」

「金が稼ぎたいなら今日の夜にでもうちの宿に来いよ、かわいがってやるぜぇ！」

僕らの様子を見ていた冒険者たちも揶揄するように声をあげる。

けど僕はそれでも受付前から動かず、登録の意思を示し続けた。

〈ギフト〉を隠さなければならない以上、こうした洗礼があることは想定済みだったのだから。

と、そのときだ。

「なにやら騒がしいと思えば、これだから〈ギフト〉授与の直後は……冒険者を舐めた子供は今日で何人目ですか」

ギルドの二階から見目麗しい細身の女性が下りてきた。

青い髪と落ち着いた雰囲気が特徴的な、二十代前半くらいのヒューマンだ。

彼女が登場した途端、騒いでいた冒険者たちが静かになる。

かと思えば……、

「はぁ、私もあまり酷いことはしたくないんですが。今日は骨を何本折れば諦めてくれるでしょうか」

バゴォ！

「私は試験官のレイニー・エメラルド。レベルは80。帰るならいまのうちですよ？」

レイニーさんはギルドの壁――すなわちレンガをいとも容易く握り潰しながら、僕らににっこりと笑いかけた。

▼第14話　子宮試験その一

レベル80の〈剛力戦士〉

その言葉に僕は面食らっていた。

見込みのない者を振り落とすための試験官にしては明らかに過剰なレベルだったからだ。

数字だけ見ればアーマーアント・プラトーンと同じレベルだけど、人とモンスターのレベルは単純比較できるものじゃない。

〈ギフト〉を授かったばかりのアリシアがレベル40のアーマーアントを圧倒できたように、人の戦闘力を大きく左右するのは〈ギフト〉の潜在能力とスキル構成。

〈剛力戦士〉は近接戦闘系〈ギフト〉としてはかなり優秀な部類だし、それでレベル80となれば相当な実力者だ。

試験官なんてそんなに実入りもよくないと聞くし、こんな若い実力者がやるものじゃないはずなんだけど……。

とはいえこれはあくまで冒険者登録試験。

勝たなければならないものでもないし、力試しにはちょうどいい。

この先冒険者としてやっていくうえで、悪目立ちしそうな男根剣はあくまで切り札。

レベル75になった〈淫魔(いんま)〉の肉体と新調した武器でどこまでやれるか知っておくいい機会だった。

そう僕が意気込んでいたところ、

「先に言っておきますが」

ギルドの裏手。

ちょっとした演習場になっているその広場に僕たちを連れてきた試験官、レイニー・エメラルドさんが改めて忠告するように口を開く。

「私は力加減が苦手でして。昨日もつい興ふ……力を入れすぎて、攻撃を受け止めた少年受験者たちの腕を武器ごとへシ折ってしまったんです。そのうえ不合格が決まったあともしつこくダダをこねるものだから、丁寧に丁寧に冒険者の怖さを彼らの体に教え込むことになってしまって……折るほうも心が痛むというのに。もう一度聞きますが、本当に試験を受けられますか？」

この人なんで試験官やってるの？

力試しの相手として不足はないけど、それはそれとしてちょっと怖いんですけど……。

そんな心の声が表情に出ていたのか、審判役をしてくれている受付のお姉さんがこそっと口を開いた。

「試験官は拘束時間が長く、そのうえ報酬も少ない役職なので基本的に誰もやりたがらないんです。その点、レイニー氏はなぜか毎年自分から志願してくれるため、ギルドとしては重宝してるんですよ。諦めの悪い厄介な受験者の心も確実に折ってくれますし。骨と一緒に」

裏事情を語りつつ、受付嬢さんは僕らを心配するように「あの、本当にやめるならいまのうちですよ……？」と最後通牒のように言ってくれる。

けど僕はそれに「ありがとうございます」と返しつつ、自分の意思を示すように一人で演習場の真ん中に立った。アリシアを演習場の端へ残して。

するとレイニーさんがその整った顔に不思議そうな表情を浮かべる。

「？　どうしました？　試験ではパーティ全体の力を見ますから、二人同時にかかってきてもらって大丈夫ですよ？　というか、そうでないと多分お話になりませんし」

「いえ、大丈夫です」

レイニーさんの言葉に僕ははっきりと返す。

「勝てるとは思ってませんけど……あなたとは一対一で戦ってみたいので」

力試しには一対一がベストだし、できることならアリシアの実力もあまり公の場で広めたいものじゃない。僕一人が十分な実力を示せばパーティメンバーであるアリシアも一緒に合格できるはずだし――ということもあり、僕はレイニーさんにタイマンを申し出た。

そうして僕がウェイプスさんから譲ってもらった剣を構えた瞬間。

レイニーさんの纏う空気が輪をかけて冷たく、容赦のないものに変質する。

「これはまた……何本も折らねばわからなそうな子が来たものですね。いいでしょう、それでは試験開始です！」

言ってレイニーさんが両手に握ったのは、二本の巨大な鉄棍だ。

よくゴブリンが持っている、持ち手が細くて先端が太くなっている棍棒。

それを木ではなく鍛えられた鋼で作り出した重量武器である。

その重量で相手を武器や防具ごと叩き潰し、刃と違って欠けることのない頑丈さで防御もこなす万能武器だ。

〈剛力戦士〉のパワーがあって初めて使いこなせる強力な武器を手に、レイニーさんは試合開始と同時に肉薄してくる。金属の塊を両手に握っているとはとても思えない速度だ。

「冒険者の洗礼を甘んじて受けなさい」

ゴッ——！

木の枝でも振り回しているかのような速度で、レイニーさんの振りかぶった鉄棍が振り下ろされる。直撃すればシャレにならないダメージを受けるだろう一撃だ。

だが、

（見える——！）

レベルの上がった僕の動体視力は、その攻撃をはっきりと捉えていた。

実家での修練の日々が、ほぼ自動的に体を動かす。

迫り来る鉄棍を剣で受け止める——と見せかけて、僕はその攻撃を斜めにはじくようにして剣でいなした。

ドゴオオオッ！

空振った鉄棍が地面に叩きつけられギルドを揺らす。

同時に、審判役の受付嬢さんが衝撃に耐えかねたかのように尻餅をつきながら声を漏らした。

「な……っ!?　レイニーさんの馬鹿力をいなした……!?　ぐ、偶然……!?」

恐らく普通ならここで試験は合格なのだろう。

だが受付嬢さんは驚愕に唖然としていて、さらにレイニーさんは目を丸くしながら、

「これは……っ！　どうやら長く実戦を離れて勘違いした子ばかり見てきたせいで、眼力が鈍っていたようですね」

彼女の目つきが変わる。

僕を真っ直ぐ見つめるその瞳は世間知らずの子供を見るものではなく、対等の武芸者へ向けるものになっていた。

これまでの非礼を詫びるかのように、レイニーさんが全身に力を漲らせる。

「はああああああっ！」

裂帛の気合いとともに、巨大質量を伴った鉄棍が振り下ろされる。

その速度と威力は初撃の比ではない。

武器で受け止めるどころか、普通ならかすっただけで武器や体が壊れるレベルの攻撃だ。

けどその攻撃もまた、レベルの上がった僕にははっきりと見て取れる。

問題があるとすれば……、

（これだけの威力……　いなしたところで僕の腕と武器が保つか……!?）

防戦一方になるリスクを背負ってでも、避けに徹したほうが安全だ。

けどそれじゃあこれだけの実力者と相対した意味がない。

僕は再度、レイニーさんの攻撃を真正面から受け止める。

ギャリリリリリリッ！

「ぐ――っ！」

剣の腹と鉄棍がこすれ、凄(すさ)まじい火花が散る。

斜めに受け止めて威力をいなしているはずなのに、凄まじい衝撃が両手を襲った。

だけど。

ウェイプスさんにもらった剣とレベルが上がった僕の肉体は、難なくその衝撃に耐え抜いた。

レイニーさんが驚愕に声を漏らす。

「っ!?　この攻撃をも無傷でいなすのですか!?」

瞬間、僕は両足に力を込めた。

「やあああああああっ！」

本気に近い攻撃をいなされ、ほんの少しだけ重心の崩れたレイニーさんの懐(ふところ)へと飛び込む。ショートソードの一撃を彼女の防具部分に叩(たた)き込んだ。が、
ガギイイイン！

もう片方の鉄棍が僕の攻撃を受け止めていた。

（まずい！）

このままつばぜり合いに持ち込まれたら、〈剛力戦士〉の膂力にものを言わせて吹き飛ばされる。と、僕は咄嗟に武器を引こうとしたのだけど……、

「え？」

次の瞬間、僕は間抜けな声を漏らしていた。

〈剛力戦士〉に受け止められたはずの僕の剣が、まったくもって止まっていなかったからだ。

「な――っ!?」

そして僕以上の驚愕に満ちたレイニーさんが「あり得ない」とばかりに声を漏らした瞬間。

ブオン！　大きく振り抜かれた僕の剣が、凄まじい勢いでレイニーさんを吹き飛ばす。

「きゃあああああああああああっ!?」

ドゴオオオオオオオオオオオオオオオオオオオン！

レイニーさんがギルドを囲む高い塀に激突。

塀が爆散し、彼女の姿は埋もれて見えなくなってしまった。

……………え？

▼第15話　子宮試験その二

〈剛力戦士〉とのつばぜり合い＝純粋な力比べに圧勝し、僕はレイニーさんを吹き飛ばしていた。塀に激突したレイニーさんは爆散した塀に埋もれてしまい、演習場を静寂が満たす。

「は……？」

その試合結果に受付嬢さんは呆然。

そしてそれ以上に「なにがなんだかわからない」と開いた口が塞がらないのは僕だった。

「な、なんだこれ……!?」

レイニーさんに攻撃を仕掛けた瞬間、あり得ないほどに身体能力の向上を感じた。

レベル65でアーマーアント・プラトーンに全力をぶつけたときも自分の力に驚いたけど、いまの威力はその比じゃない。レベル80の〈剛力戦士〉を力比べで完封するなんて、いくらなんでも無茶苦茶すぎる。

その現象に僕は一瞬混乱するも……あまりにも逸脱したこの力の原因にはひとつだけ心当たりがあった。

「これまさか……あの〈異性特効〉ってスキルの力……!?」

それは名前からしてスキルの効果効能の想像がつくということで、詳しい検証を省いていたスキル。

〈神聖騎士〉であるアリシアの性的な暴走を止める際に自分の力が少し強くなるのは感じてい

たから、その程度の効力だと思っていたのだけど——実戦で改めて発揮されたその威力に僕は愕然とする。

「って、いまはそれより……大丈夫ですかレイニーさん!?」

崩れた塀に埋もれてたレイニーさんのもとへと駆け寄る。

と、そのときだった。

「合格！」

ボゴオオオオオオッ！

瓦礫の山を吹き飛ばし、レイニーさんが大声を張り上げながら立ち上がった。

「私に力比べで圧勝するほどのパワーに優秀な武器、そして長い研鑽が見て取れる高い戦闘技術。もう一人の少女の実力は定かではありませんが、あなた一人でこれだけの力を持つなら問題ないでしょう。文句なしの合格です！」

目立った傷もなく元気にそう言い放つレイニーさんに、僕は色んな意味でほっとしながら胸をなで下ろした。よかった、さすがは〈剛力戦士〉。物理的な頑丈さは折り紙付きだ。

（異性特効のせいで公平な試合とはいかなかったけど……聖騎士に憧れて研鑽を積んできた技術も含めて、ベテラン冒険者の人にお墨付きをもらえたならひとまず安心かな）

試験には無事合格できたし、力試しも十分な成果を得られたと思う。

結果論だけど、異性特効スキルの威力も大きな事故を起こす前に判明したわけだし、思った以上の収穫を得られた試験だった。

……それにしても僕の〈淫魔〉スキル、本当に変な威力のものばっかりだな……。

主従契約の暴発で十分思い知ってたはずだけど、今後はもっとちゃんとしないと……と僕が反省していたときだった。

「エリオール君！」

「ふぇ!?　ちょっ、レイニーさん!?　どうしたんですかいきなり!?」

いつの間にかこちらに近づいてきていたレイニーさんが、僕の偽名を呼びながら抱きついてきた!?

なんだか第一印象とはまったく違うハイテンションな様子にも面食らう。

しかしレイニーさんは僕の言葉など耳に入らないとばかりに頬ずりしながら、

「ああやっぱり、私が抱きついても壊れない！　はぁ、この出会いをどれだけ待ち望んでいたことか……若くて可愛い男の子を全力で抱きしめられて子宮がきゅんきゅんします……！合格、色んな意味で合格です！」

なんだこの人!?

はあはあと息を荒らげるレイニーさんに僕が赤面しながら引いていると、レイニーさんは感極まったようにまくし立てる。

「ああもう本当に最高……私はですね、あなたくらいの年の男の子にしか興奮できないんです。

けどそんな自分の性癖に気づいたとき、私はもう〈剛力戦士〉として強くなりすぎていた。〈ギフト〉を授かったばかりの年齢で私の怪力を受け止められる少年なんてまずいませんし、そんな強い子は自分の能力を隠すことが多いから探しようもないと途方に暮れていたんです。そんなときにたどり着いたのがこの試験制度。ステータスを隠して冒険者登録しようとする子のほとんどはお話にならない弱卒ですが、極希に強すぎる〈ギフト〉がバレないようステータスを隠したがゆえに試験を受けるはめになる子もいると噂に聞き、こうしてずっと待ち構えていたんです！　しかし来るのは冒険者になってもすぐに死んでしまいそうな人ばかり……可愛い男の子を無駄死にさせまいと心と骨を折る苦しい日々が続きましたが、そこにあなたが現れた。狙い通り、狙い通りですよ……！　ああ、この肌つやに髪のつや、可愛らしい顔に初心な反応……もう我慢できません、このまま私のおうちに一緒に帰りましょう？　大丈夫、優しくしますから……わっ!?　なんですかこれ、アソコもこんなに立派で……!?（さわさわ）」

「誰か助けてえええええええええ！」

僕は全力で叫んでいた。

なんだこの人!?　頭がおかしいよ!?

けどその様子を見ていたアリシアはといえば、

「……さすがエリオ……モテモテ。やっぱり私の運命の人なだけある。けど私は束縛しない女だから……エリオの一番が私なら満足」

ハァ
ハァ
ハァ
ハァ
ハァ

なんだか余裕の表情を浮かべて助けてくれる気配なし！

「誰か――――！　レイニー氏が乱心なされました――――！　当ギルドの主力級冒険者から犯罪者が出る前に誰か止めてくださいいいいいいい！」

色々な衝撃から立ち直った受付嬢さんがギルドに駆け込む。

「はあ!?　いやレイニーを止めろって無茶言うな！」

「俺たちができることっつったら休養日にここで酒飲みながらレイニーの骨折り犠牲者に菓子でもやって慰めてやることくらいだぜ!?」

「つーかいま、あのガキが合格したっつったか!?　どういうことだよそれ!?」

けど聞こえてくるのは混乱に満ちた怒声だけ。

誰も僕を助けてくれそうにない。

ぐっ、こうなったら異性特効の効力も借りて無理矢理抜け出さないと……！

ってあれ？　これもしかしてレイニーさん、試合では使ってなかった身体強化系スキル使ってる!?　さっきよりパワーが凄い気がするんだけど！

どれだけ本気なんだ！

頑張れば無理矢理逃げられそうだけど、下手に暴れたら怪我させちゃいそうな……と僕がレイニーさんに拘束されたままお持ち帰りされそうになっていたときだった。

「おい！　なんだこの騒ぎは！」

ギルド全体に男性の野太い大音声が響き渡った。

「ギルマス！　それがその、レイニー氏が――」

「はあ!?　わけがわからん！」

かと思えば受付嬢さんから事情を聞いたらしい声の主が演習場に駆け込んできて、

「おいレイニー！　いつも職務に真面目なお前がなにをしとるんだ！」

「とめないでくださいギルマス！　私は今日ついに運命の相手に出会ったんです！」

「バカなのか!?　正気に戻れ！」

数多（あまた）の修羅場を越えてきたようなガタイの良い男性――ギルマスと呼ばれたその人は呆（あき）れたように声を漏らす。

と、その視線がレイニーさんに捕まる僕を捉えた瞬間、大きく見開かれた。

「君……レイニーの試験に合格した強さにその髪色……もしや名前はエリオールか？」

「？　は、はいそうですけど？」

「っ！　君がそうか！　こちらから会いに行く手間が省けた！」

僕が答えた途端、赤い髪をしたギルマスが顔を輝かせる。

「私はギルマスのゴード・マクシエル。娘――ソーニャが世話になった」

言ってレイニーさんに拳骨を落としつつ、ギルマスは僕を助けてくれるのだった。

▼第16話　ギルマスの恩返し

「改めてお礼を言わせてほしい。命より大事な一人娘をモンスターから救ってくれて心から感謝する」

「いえいえそんな！　偶然ですし、当たり前のことをしただけです！　頭を上げてください」

レイニーさんを引き剥(は)がしてもらったあと。

僕とアリシアはギルド二階の応接室に案内され、ギルマスに頭を下げられていた。

こういうときは甘んじてお礼を受けるのが礼儀だけど、あまりに丁寧なギルマスの対応に僕は恐縮しきってしまう。

こういうとき、普通の貴族の人たちはなんというかこう、もっと堂々とお礼を受け取るんだけど、僕はどうもそういうのが苦手な性分らしかった。

「娘に聞いていた通りの少年だな。その若さでレイニーを下すほどの実力者というだけでも極めて珍しいのに、そのうえ謙虚となると私も娘の熱の入った語り口に拗(す)ねてはいられんな」

いえあの、謙虚というか胸を張れるような〈ギフト〉じゃないってだけなので……絶倫〈淫魔(いんま)〉なので僕……。

「娘は優しい子でな。今回街の外に出ていたのも、母親に誕生日のプレゼントを用意するためだったんだ。街から少し離れた丘にしか咲かない花があってな。本当なら私が直々(じきじき)に娘を連れて行くべきだったんだが、なにぶん多忙で部下に任せてしまっていた。仕事優先で一生の後悔をするところだった。繰り返しになるが、君には感謝してもしきれん。私に協力できることなら力になるからなんでも言ってくれ」

豪快に笑いながらギルマスがそう言ってくれる。

その様子は「絶対に恩返しするから」と言ってくれたソーニャに似ていて、確かにこの人が父親なのだとわかった。

うーむ。

武器屋ウェイプスさんの一件で恩返しとしては十分すぎるんだけど、厚意でこう言ってくれる人の言葉を無碍にするのも失礼だ。

しかし冒険者登録も完了したいま、ギルマスであるこの人にお願いするようなことなんてあるだろうか……と思っていたところ、

「……エリオ。クエストのランク制限についてとか……相談してみたら、どう？」

「あ」

アリシアにちょんちょんと足をつつかれて僕は声を漏らす。

そっか。普通に一からコツコツ冒険者として実績を積んでいくしかないと思ってたけど、せっかくなら……。

「ゴードさん、それならお言葉に甘えてご相談なんですが。クエストのランク制限についてど

うにかなりませんか？　僕たちちょっと事情があって、少しでも早く冒険者として高レベルの案件を受けたいんです」

ランク制限。

それは受けられるクエストの制限のことだ。

冒険者は実績に応じてランク分けされていて、それに応じた難易度の依頼しか受けられないようになっている。

冒険者の命を守るためであると同時に、依頼の失敗率を下げてギルドの信用を保つための措置だ。

受けられる依頼の難易度を上げていくにはしっかり実績を積んでいくしかなく、優秀な〈ギフト〉持ちでも採取や雑用依頼を地道にこなしていくことでランクを上げていく仕組みになっている。強くても地形理解や素材への知識などの面で未熟な人はいっぱいいるしね。

けど何事にも例外はあり、飛び抜けた実力をはっきりと示すことができた場合は特別に駆け出し依頼をスキップし、それなりの依頼からスタートできたりもする。

とはいえそれは本当にちゃんとした地位の人に相応の実力を見せた場合だけで、あまり現実的な手段ではないのだけど、

「なんだ、そんなことか！」

ギルマスのゴードさんが豪快に笑う。

「まったくもって問題ない！　プラトーンに率いられたアーマーアントの群れを難なく全滅させ、あのレイニー・エメラルドを圧倒したんだ。うちとしても君たちにはガンガン依頼をこなしてもらいたい。そのように手配させてもらうよ」

試験官であるレイニーさんに勝ったという話は既に広がっているし、最初から高難度の依頼を受けても怪しまれたりはしないだろう、とゴードさんは快諾してくれた。

助かった。

これで主従契約破棄アイテムに辿り着くまでの時間がぐっと短縮できたことになる。

あとは僕らがしっかり依頼をこなせるかどうかだ。

と、僕が張り切っていたところ、

「だがまあ、私としてはあまり最初から高難度の依頼を受けるのはオススメしない」

ふとギルマスが表情を険しくした。

「ここ最近、急にモンスターの出現傾向がおかしくなっている。街の近くにアーマーアントのような強力なモンスターが出現したのもその一つでな……長年この街でギルマスをやっている私から見ても異常がすぎる。でなければ娘があのような危険に晒されることもなかったはずなのだ」

ゴードさんの言葉に僕は目を見張る。

モンスターの出現傾向がおかしいって……僕が人食いボアの群れに襲われたのと同じよう

な異常がこの辺りでも起きてるってことなんだろうか。

僕は出身地がバレないよう少し誤魔化しつつ、季節外れの人食いボア出現について伝える。

「なんと王都近くでもそうなのか。うーむ、こちらでも調査隊を結成して調査を進めているが、本当に最近起こった異常で、一時的なものなのかどうなのかまったく不明でな。まあとにかく、娘に降りかかった災難と同様、君たちの身にもどんなイレギュラーが降りかかるかわからないからな。クラス制限は撤廃するが、まずは街の近場で様子見の依頼をこなすことを勧めるよ」

「わかりました。便宜を図っていただいた上に貴重な情報ありがとうございます」

心底心配してくれている様子のゴードさんに僕もしっかり頭を下げる。

どのみちこの辺りの地理をまだ把握できていなかったし、先達の忠告に従って最初は肩慣らしの依頼からこなしていこう。

と、無事にギルマスとの話が終わりかけたときだった。

「そういうことであれば、私がエリオール君たちの引率をいたしましょう！」

うわ出た!?

突如、応接室のドアを開けて現れたちん入者――レイニーさんに僕は思わず腰を上げる。

「長年この辺りで活動してきたベテラン冒険者である私なら地理や各種素材の採取場所もしっかり把握しています。モンスターのイレギュラーにも二人より三人のほうがより確実に対処できるでしょうし、ギルマスも安心でしょう。新人育成も冒険者の重要な仕事。このレイニー・

エメラルド、無償で後進育成に貢献させていただきます」

レイニーさんはその整った容姿にふさわしい上品な所作でギルマスに礼をする。

誰がどう見ても真面目で冷静な敏腕冒険者といった立ち振る舞いだ。

けどその視線はじ……っと僕の全身をなめ回すように見つめ続けていて、思わず背筋に寒気が走る。あ、あわわ……身体目当てだこの人……。

「素晴らしい心がけだがな、レイニー君」

ゴードさんが目元を押さえながら嘆息しつつ口を開いた。

「君は当ギルドの試験官だ。合間に依頼を受ける時間はあれど、一刻も早く冒険者として名を上げたいらしい彼らの引率をするには拘束時間が長すぎるだろう」

「あんなクソ仕事、もうやる意味なんてありません。私は今日をもって試験官を引退します」

清々しいなこの人!?

なにがなんでも僕についてくる気だ……と戦慄する。

けどレイニーさんの企みが叶うことはなかった。

「それはできんぞレイニー」

「は？」

「契約内容を忘れたのか。お前はギルドの試験官としての仕事を数か月単位で契約している。少なくとも次の更新までは働かないと規約違反で罰則だ。そしてついでに言えば、罰則の内容は私の裁量である程度自由。私利私欲で仕事を投げ出すというなら、一時的に冒険者の資格を停止してもいいんだぞ」

それは恐らく、僕に気を遣ってくれたゴードさんがはったりを効かせてくれた面もあるのだろう。けど契約を持ち出されたレイニーさんは「あ」と声を漏らし、

「お、横暴です！　いくらギルマスでもそんな極端な罰則……私とエリオール君の仲を引き裂こうというんですか⁉」

「はいはいはいレイニーさん、持ち場に戻りましょう！　きっとまたすぐ好みの男の子が尋ねてきてくれますから！」

「うわあああああっ！　エリオール君────っ！」

レイニーさんは受付嬢に説得されつつ、冒険者たち数十人がかりで部屋から引っ張り出されてしまった。恐らく怪力で抵抗してもギルマスに拳骨を落とされるだけだと観念したのだろう。

僕は再び静かになった応接室で、改めてギルマスに頭を下げる。

「……重ね重ね、ありがとうございます」

「いや……うちのギルドの者が迷惑をかけた」

なにはともあれ……こうして僕は様々な人の助けを借り、無事に（？）冒険者登録を済ますのだった。

I was banished from the capital. But the more I get along with the girls, the stronger I get.

「どうしたのアリシア?」

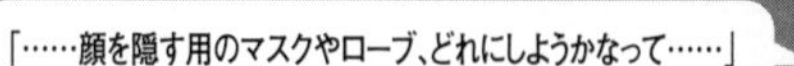

「……顔を隠す用のマスクやローブ、どれにしようかなって……」

「……あんまりお金もかけられないけど、私はいつでも、エリオの前では可愛い格好でいたいから……」

「え? でもアリシアはどんな格好でも可愛いよ?」

「……っ」

「顔を隠してても、雰囲気とか声とか、宝石みたいな瞳とか。あ、でもそういう問題じゃないか」

「そういうことならこのローブなんてアリシアの雰囲気にあってて良いかも。うん、凄く可愛い」

「あ、でもそれはそれで困ったな……可愛いすぎると目立っちゃうし、う一ん、でも顔さえ隠れてればセーフなのかな……これは意外と難題だね……」

「……エリオ」

「え?」

アリシア

「……エリオは……自分が無自覚に女の子を誘ってるって、気づいたほうがいい」

「ふぇ? ……ちょ、アリシア!? なんで人気のないほうに僕を引っ張って……!? ちょ、ここ屋外! 屋外だからああああああああっ!?」

第三章

▼第17話　冒険者デビュー　～アリシアのスキル検証～

冒険者登録を済ませた翌日。

僕とアリシアは早速ギルドに出向き、初仕事を受けることにした。

掲示板から適当な依頼を見繕（みつくろ）うべくアリシアとともにギルドに足を踏み入れる。

ここに来るのは今日で二度目だけど、僕たちが新参者であることには変わりない。

当然のようにギルドでたむろしていた先輩冒険者たちの視線がまとわりつくのだけど、それは昨日のバカにするようなものとは一変していた。

「おい……あれがレイニーさんをぶっ飛ばしたって新人か？」

「マジでガキじゃねえか。レイニーさん、試験だから本気じゃなかったんだろ？　スキルもろくに使ってなかったっつーし」

「だからどうしたって話だろ。素の力でそこらの冒険者ならまとめて粉々にできるような怪力なんだぞあの人……」

どうも試験でレイニーさんを倒した話は速攻で共有されたらしく、僕たちは変に耳目を集めてしまっているようだった。幸い、アリシアが基本顔を隠してることもあって、彼らが注目しているのは僕だけだからいいけど……あまり目立ちたくないなぁ。

まあ淫紋解除のために冒険者として活躍するつもりなら注目されるのはある程度承知のうえだし、そこはもう仕方ないと考えて、アリシアを連れ戻そうとする人が来ても追い返せるくらい強くなるのが先決か……。

アリシアの外見とスキルさえ隠せばそうそう王都の人に見つかったりはしないだろうし、と僕は割り切って依頼選別に取りかかる。

昨日ギルマスのゴードさんに忠告されたとおり、まずは肩慣らしの依頼から探してみよう。と、難易度別に分けて張られた掲示板とにらめっこしていたところ、

「……エリオ、これ」

「え……わっ、アリシア!?」

シュバババババ！

アリシアが何枚もの依頼書を凄い速さで選別し、僕の前に差し出してきた。

それも肩慣らしにちょうどいい難易度の依頼ばかりだ。

僕はその優秀な選別眼に驚くとともに、やる気満々なアリシアに面食らう。

「ど、どうしたのアリシア。凄く助かるけど、なんか随分やる気だね？」

いままでそんな素振りはなかったけど、冒険者として活動するのが夢だったりしたのだろう

か。そう思って尋ねてみると、アリシアはぽそりと口を開く。

「……エリオ、どんどん強くなってるから。昨日の試験を見て、思ったの。私もモンスターをたくさん倒して、早くエリオに追いつけるようにしなくちゃ、って」

それはアリシアなりの負けん気なのだろうか。

〈淫魔〉なんて生き恥〈ギフト〉を授かった僕だけど、そのおかげで昔からなにかと優秀だったアリシアにライバル視してもらえていると思うと少し光栄だった。

と、変態〈ギフト〉の思いがけない効能に僕が嬉しく思っていたところ、

「……早く強くなって差を縮めないと、いつまで経っても昼間にエリオを押し倒せない」

アリシアはいつものアリシアだった。

（これはアレだ……アリシアとずっと一緒にいるためっていうのはもちろん、一日中仲良しなんて爛れた生活に突入しないためにも、僕もしっかり強くなり続けないと……っ！）

ちょっとした危機感とともに、僕はアリシアと並んで依頼を選ぶのだった。


そうして僕たちが受けた依頼は、森林狼（参考レベル11程度）十体分の毛皮納品。

期日は三日以内。

モンスターの出現傾向が変わった影響なのか、比較的簡単な依頼ながら報酬がそこそこ高い。

森林狼は通常、街の周囲に広く分布しているそうなので、地理把握も兼ねてぶらぶらと探索

していくことにした――のだけど、実はそれと並行してやっておきたいことがあった。

アリシアの現在の強さチェックだ。

アーマーアントの群れを退けることのできた僕たちが苦戦するようなモンスターはそうそういないと思うけど、ギルマスのゴードさんが忠告してくれたようになにが起きるかわからない。

現時点での〈神聖騎士〉がどんなスキルを所持してて、どのくらい強いのかはしっかり把握しておく必要があるのだった。

前代未聞の〈淫魔〉ほどじゃないにしろ、〈神聖騎士〉も伝説級の〈ギフト〉と言われるだけあって情報が少ないしね……。

というわけで僕たちは数日前と同様、周囲の目を避けるように森の中でアリシアのステータスプレートを開示する。

アリシア・ブルーアイズ　ヒューマン　〈神聖騎士〉レベル10
所持スキル
身体能力強化【極大】Ｌｖ２　剣戟(けんげき)強化【大】Ｌｖ１
周辺探知Ｌｖ２　ケアヒールＬｖ２
神聖堅守Ｌｖ１　魔神斬りＬｖ１

「うはぁ……」

一度宿で見せてもらったことのある内容ではあるけど、改めて感嘆の声が出てしまう。

それほどに凄まじいスキルの数々だ。

剣戟強化【大】なんてベテラン戦士がもっているようなスキルだし、身体能力強化【極大】に至っては鍛え抜いた最上位近接〈ギフト〉にしか辿り着けない境地だったはず。

それが初期スキルとして発現しているなんて破格の性能だ。

伝説級の〈ギフト〉という呼び声は伊達じゃない。

〈淫魔〉の僕とは比べるべくもないカッコイイスキルばかりだ。羨ましい……。

「それにこのケアヒールってスキル、回復魔法だよね!? 聖騎士系〈ギフト〉は補助魔法も覚えるって話だけど、これはその中でもかなり上位の回復スキルじゃない？」

戦闘において回復手段というのは貴重だ。

いちおう誰でも使える手段としてポーションがあるけど、短期間に何度も摂取できるものじゃない。反面、回復魔法はお金もかからないし、魔力が保つなら短期間に何度使っても大丈夫と、かなり有用なスキルなのだ。だというのに、

「……うん。でもそれ、ソーニャさんたちを助けたあとに発現してることに気づいてすぐ試してみたんだけど、あんまり役に立たなかった」

アリシアががっかりしたように言う。

え？　試したって、いつそんな怪我を治すような場面があったんだろう……と首をひねっていると、

「……エッチのあとに使ってみたけど、体力が回復しなかったの」

「そ、そう……」

危なかった……！

この回復魔法が体力回復系だったらただでさえ底なしのアリシアがさらに強化されるとこだった……！

しかしまあ、そうなってくるとこのスキルは外傷に効くタイプなのだろう。似たような名前で状態異常回復系のスキルを見たことがあるし、そっちの効能もありそうだ。

このあたりはわざと怪我して検証するのも危ないし、傷病者の集まる教会あたりに相談してみよう。無償でスキルの練習をさせてほしいと頼めば色々な人に喜んでもらえるしね。王都でもよく見た光景だ。

「じゃあ次だけど……この魔神斬りってなんだろう？」

神聖堅守のほうは確か、普通の聖騎士も覚える広域防御スキルだ。自分の周囲に魔法の壁を張り、自分と仲間を様々な攻撃から守る強力なスキルである。

けどこの魔神斬りという物騒な名前のスキルは聞いたことがない。

「〈神聖騎士〉の固有スキルかな？　ちょっと試しに使ってみようか」

「……うん」

アリシアが剣を抜く。

ウェイプスさんの厚意で譲ってもらったサーベル型の名刀〈風切り〉だ。

周辺探知で周りに人がいないことを確認してから、アリシアは近くの木に剣を振るった。

「……魔神斬り」


ズガガガガガガガガガガッ！

「っ⁉」


瞬間、僕は言葉を失った。

アリシアが軽く剣を振るった途端、目の前の木が吹き飛んだからだ。

しかもアリシアが狙（ねら）った一本だけじゃない。

周囲の木々が数本まとめて木っ端微塵（こっぱみじん）。とてつもない威力だった。

「す、凄（すご）いよアリシア！　回復と防御のスキルも覚えて攻撃スキルもこの威力って……ちょっと反則じゃない⁉」

伝説級の〈ギフト〉が持つ底知れなさに僕は唖然（あぜん）とする。

けれど当の本人であるアリシアはといえばどこかストイックな表情で、

「……ありがとう。けど、まだまだ。エリオのスキルには全然届いてない。レベルもまだ10だし」

「いやいや！　それは〈淫魔〉がなんかヘンテコなだけで、アリシアがもうレベル10なのも十分おかしいからね!?」

レベルは30くらいまでなら誰でもサクサク上がる。

けれど「サクサク」成長してもレベル30に到達するには一年くらいかかるのが普通で、週に1レベルも上がればいいほうなのだ。

けれどアリシアは既にレベル10。その間のまともな戦闘が人食いボアとアーマーアントの2回だけだったと考えればあり得ない成長速度だった。

強い〈ギフト〉が強い理由はここにもある。

基礎ステータスと発現スキルが強力なため、〈ギフト〉を授かった直後から強いモンスターを簡単に倒すことができ、レベルアップ速度も段違いになるのだ。

そういう意味ではアリシアも十分怪物的な成長速度なんだけど……そう考えると改めて〈淫魔〉が意味わかんないな……。最初の頃は自慰一発でレベルが上がってたし……。

ま、まあそれはいいとして。

「とりあえずアリシアのスキルや強さもある程度わかったし、あとは実戦で試していこうか。

依頼、頑張ろう」

「……うん」

そうして僕たちは森林の探索を開始。

アリシアの周囲探知スキルの力も活躍し、僕たちは難なく森林狼十匹分の毛皮をゲットするのだった。

▼第18話　ラッキードスケベ

「すみません、素材の納品ってどこでやればいいですか？」

森林狼を狩り、十匹分の毛皮をもってギルドへと戻る。

受付で納品場所について尋ねると、受付嬢さんが目を丸くした。

「え……？　もう戻ってこられたんですか!?」

いまは夕方前。

街周辺の探索も兼ねてのんびりやってたからむしろ少し帰還が遅くなったくらいなんだけど、どうやら受付嬢さんからするとそうじゃなかったらしい。

「森林狼は戦闘力こそ低いですが、慎重かつ群れで警戒網を共有するので、周辺の地理に詳しい地元のベテラン冒険者でも狩猟にはそこそこ時間がかかってしまうのですが……」

確かに森林狼はわかりにくいところに潜んでたり、視界に入っているはずなのに景色と同化していたりと、かなり見つかりにくそうな生態をしていた。

僕たちの場合はアリシアの優秀な周辺探知スキルがあったから、そのおかげでかなり時間を短縮できたのだろう。

「それにこの毛皮……ほとんどが喉を一突きで傷が少ない美麗品じゃないですか！　レイニーさんに勝ったくらいだから純粋なパワータイプかと思っていましたが、技量まで凄まじいなんて……！」

末恐ろしい、と受付嬢さんが畏怖の目を向けてくる。

……言えない。

森林狼が逃げ足の割に弱くて僕たちの強さだと木っ端微塵にしちゃうから、一瞬でかたちを変えてくれる男根形状変化で急所を一突きにしたなんて言えない……。

少し気まずい思いをしつつ、僕らは案内してもらった納品受付場へ毛皮を持っていった。

美麗品ということで依頼報酬にいくらか色がつき、思いがけない収入増にアリシアとハイタッチをかわす。

これで当面の生活費を稼げたと喜んでいた、そのときだ。

「ほら私の言った通りじゃない！　あの二人なら森林狼の毛皮採取くらい、すぐに終わらせて戻ってくると思ってたわ！」

ギルドの二階。

ギルマスの執務室に通じる扉が勢いよく開き、そこから快活な声が降ってきた。

聞き覚えのある声に顔を上げれば、

「ソーニャ？」

元気よく階段を駆け下りてきたのは、この街に来たとき僕とアリシアが助けた赤髪の少女だった。

ギルマスの一人娘だという彼女はギルド内でも評判が良いらしく、酒を飲んでいたコワモテの冒険者たちから「よー、お転婆！」「この前は災難だったらしいな！」と次々に声をかけられている。

快活な町娘という印象がぴったりなソーニャは冒険者たちにそれぞれしっかり挨拶を返すと、僕たちのもとに小走りでやってきた。

「久しぶり。ごめんなさい、あのあとバーバラたちの治療やアーマーアント出現時の状況説明で少し時間をとられちゃって……お礼を言いにくるのが遅れちゃった。宿に押しかけようと思ってたんだけど、お父さんが二人をギルドで世話したって言うから、ここで待ってるのが確実だと思ったの」

ソーニャは快活に笑いながら、周囲には聞こえないよう小声で語る。

それから急にもじもじと言いにくそうにすると、やがて決心したようにこう言った。

「それで、その、改めてお礼をしたいんだけど……よかった今夜、うちに食事に来ませんか？」

「え……？」

　ウェイプスさんから武器を譲ってもらったり、ギルマスのゴードさんに依頼のランク制限のことで便宜を図ってもらったりと、ソーニャを助けたことで返ってきた恩は数多い。

　もうそれだけで十分すぎるほどにお礼はもらっていると思うのだけど、ソーニャからしてみれば自分で直接お礼をしたわけじゃない現状は心苦しいに違いない。

　そういうわけで僕たちはソーニャからの厚意を喜んで受けることにした。

　その日の晩。

「それじゃあ、うちまで案内するわ！」

　僕たちの宿まで迎えに来てくれたソーニャについて彼女の家まで行った僕とアリシアは目を丸くした。

　ソーニャの自宅だという建物が、貴族の屋敷かと見紛うほどに立派なものだったからだ。

　立地も街の中心に近い場所で、ギルマスという地位だけでこの豪邸を建てることは不可能に思える。

「本当なら宿まで馬車で迎えにいかせてもよかったんだけど……二人はあまり目立ちたくないんでしょ？」

驚く僕たちにソーニャが言う。

どうやら僕らの事情を考慮して徒歩にしてくれたみたいだけど、そうじゃなければわざわざ馬車を呼びつけるつもりだったらしい。いよいよ貴族の所業である。

まさかソーニャは王都の貴族とゆかりでもあるのかと少し警戒していたところ、

「あ、そういえば言ってなかったっけ。実は私のお母さん、ここら一帯の商業ギルドのナンバー2なの。取引の相手によっては貴族様基準で歓待することもあるから、半分ギルドもちでこの家を建てたんだ。まあでもほとんど私たち一家が使ってるだけだから、職権濫用(らんよう)って感じでちょっと気まずいんだけどねー」

ソーニャが冗談めかして説明してくれた。

ああなるほど、そういうことか。

トップクラスの商人なら貴族との取引もあるから、歓待用にこういうお屋敷を所持していることも多いと聞く。

貴族に血縁があるのでもなければ僕とアリシアの情報が流れるようなこともないだろうし、ひとまずは安心だ。まあそもそもソーニャの口はそう軽くないだろうけど。

……にしてもソーニャって、思った以上の重要人物だったんだなぁ。ギルマスと商業ギルドの重役が両親だなんて。

と、色々なことに驚きながらソーニャの自宅に足を踏み入れたところで、僕はふと気づく。

「あ、でもどうしよう。こんなお屋敷で食事するなんて思ってなかったから、ちゃんとした服の用意がないや」

　ソーニャから特になんの指定もなかったからドレスコードを気にする必要はないのだろうけど、王都で暮らしていたときの習慣で酷く悪いことをした気分になる。

　そんな僕の気配を察したのか、

「あ、ごめん気がつかなくて。それならうちにいくらでも服があるから、着替えるといいよ」

　笑顔でそう提案してくれるのだった。


「うん、これなら大丈夫かな」

　ゲストルームに通された僕は、メイドさんに選んでもらった正装を鏡でチェックしながら頷いた。今頃アリシアも別室で同じように着替えているはずだ。

　王都を追い出されてからまだそんなに経っていないはずなんけど、なんだか随分と久しぶりにこんな格好をしたような気がする。

「それにしても……子供の頃から社交の場には何度も出ているはずなのに、こういう格好はいまだにちょっと慣れないんだよね。窮屈っていうか……」

　我ながら、色々と貴族に向いてない性格な気がする。

　緊張を緩和するため、僕はメイドさんが用意してくれたお茶に口をつけた。

「っ!?　熱っ!?」

久しぶりの正装にどんだけ緊張していたのか。

僕はうっかりお茶をこぼしてしまった。

しかもソーニャから借りた正装の上にだ。

「わっ、まずい！　早く脱がないと！」

お茶の種類にもよるけど、基本的にどれだけ早く処置するかで染みになるかどうかが決まる。僕はお茶のかかったズボンを急いでずり下ろした。

……そのときである。

「エリオール？　着替えが終わったなら食事の準備が終わるまで少し私とお話でも――ってなにいまの音!?　エリオール、大丈夫!?」

ちょうど僕の部屋の近くまで来ていたのだろう。

僕の悲鳴とドタバタした騒音を聞きつけたらしいソーニャが部屋に飛び込んできた。

「「あ」」

瞬間、ドアの近くでズボンを脱いでいた僕とソーニャの目が合う。

そしてソーニャの視線は、すぐさま僕の下半身へと移動した。

慌てすぎてズボンと一緒に下着までずり下ろしていた僕の下半身へと。

「ひゃあああああああっ!?」

途端、一瞬で顔を真っ赤にしたソーニャがアソコを凝視しながら悲鳴をあげた。

「な、なにこれ……男の人のってこんなに大きいの……!? あ、ご、ごめっ、私、着替えはもう終わったって聞いてたから!?」

ソーニャが慌てて部屋を出て行こうとする。

けど心底狼狽(ろうばい)していたらしいソーニャはまともに回れ右することもできなかったようで
——足をもつれさせて僕のほうに倒れ込んできた!?

「わあああああっ!?」

「きゃあああっ!?」

〈剛力戦士〉にも勝った僕の肉体なら、それを受け止めるのは簡単だっただろう。

けどいまの僕はズボンと下着を足首のあたりまで下ろした中途半端な体勢で、なによりアソコを見られた衝撃で完全にパニック状態。

そのままバランスを崩してソーニャに押し倒されるかたちになってしまう。

「だ、大丈夫ソーニャ!? って……!?」

慌ててソーニャを抱き起こそうとして僕は固まった。

僕のアソコが、なにか柔らかい感触に包まれていたからだ。

「あ……あ……!?」

見ればソーニャの手が僕のアソコをがっしりと掴(つか)んでいて。

ふーふー、と熱く湿っぽい鼻息がアソコを撫でるような至近距離に彼女の顔があった。

「エ、エリオールのアソコ……こんな、触ったことのない感触で、嗅いだことのない匂い……な、なんか頭がクラクラして……!?」

「ソーニャ!?」

あまりの出来事に混乱しているのだろうソーニャから僕は慌てて距離を取る。

それから急いでズボンを上げ、全力で頭を下げた。

「ご、ごめん！　お茶をこぼしちゃってそれで服を脱いでて！　服はちゃんと弁償するから！　あと変なもの触らせちゃってホントごめん！」

「はっ!?　あ、わ、私こそごめん!?」

僕の謝罪を聞いたソーニャがはっと我に返ったように身体を起こす。

「服なんていいよ別に！　私もエリオールのアソコを触らせてもらっちゃったし等価交換ってことで!?　むしろこっちがお金払わないといけないくらいだよ!?」

お互いに混乱しきっているからか、なんだか無茶苦茶なことを言っているような気がする。

けれどどうにかアリシアやメイドさんが駆けつけてくる前に僕たちは平静さを取り戻し、みんなと一緒にこぼしてしまったお茶の処理を完了。

何食わぬ顔で二回目の着替えをすませ、どうにか滞りなく会食会場へと向かうのだった。

その後。

会食は上機嫌なゴードさんや接待に慣れているらしいソーニャのお母さんの話術もあって終始なごやかに進み、僕もアリシアも豪華すぎないその夕食を楽しむことができたのだけど……今日の出来事が後になってあんな破廉恥な「商談」に繋がるなんて、このときの僕は思ってもみなかった。

▼第19話　ジェラシーエッチと壊滅の村

「きょ、今日は本当にごめんなさい……なにか困ったことがあったら力になるから、なんでも言ってね」

会食の最中はなにもなかったかのような澄まし顔をしていたソーニャだったけど、内心では色々と気にしていたのだろう。

帰り際、顔を真っ赤にしてそんなことを言ってくれた。

事故とはいえアソコを触らせてしまったぶん、なにか埋め合わせをしないといけないのはどう考えても僕のほうなんだけど……。

ソーニャとしては僕たちを招いたホストとして不始末を起こした責任をとらなきゃと思っているのだろう。

ああもう。ただでさえソーニャがらみでたくさんお返ししてもらっているのに、重ねて気を使わせてしまうことになるなんて、本当に迂闊だった。

そんなことを考えながらの帰り道。

「……エリオ」

アリシアが僕の顔を覗き込み、急にこんなことを言い出した。

「……ソーニャの様子が変だったし、彼女の手からずっとエリオのアソコの匂いがしてたんだけど……なにがあったの？」

いまソーニャの手から僕のアソコの匂いがしたって言った？

え、なにその感知能力。

〈神聖騎士〉の隠し能力？

一瞬戸惑ったけど、多分〈神聖騎士〉関係ないなこれ……。

「いやちょっと事故っちゃって。ほら、服にお茶をこぼしちゃった騒ぎがあったでしょ？　あのときにソーニャと一緒に転んじゃって――」

別にやましいことも（いちおう）ないので、事の次第をアリシアに詳しく話す。

先日はソーニャに嫉妬していたアリシアだけど、レイニーさんのときに余裕を見せていたように、今回も「……そっか。大変だったね」と冷静に話を聞いてくれた。

と、思っていたのだけど。

「……エリオが火傷しなくてよかった。……うん、まあ、それはそれとして」

「え？」

宿に着いた途端、アリシアが僕の手を掴んで壁に押しつけてきた!?

「……レイニーさんのときはそうでもなかったのに……なんか、今回は話を聞いてたら凄くムラムラしてきちゃった。……今日はたくさん……仲良くしようね……♥」

「ちょっ、アリシ——うむぐっ!?」

変に嫉妬はしないけど、それはそれとして僕がほかの女の子と一定以上仲良くすると性欲が上昇するらしい。

僕は一晩かけて、アリシアのそんな一面を思い知らされるのだった。

エリオ・スカーレット　ヒューマン　〈淫魔〉レベル78

所持スキル

絶倫Ｌｖ７　男根分離Ｌｖ３

男根形状変化Ｌｖ６　男根形質変化Ｌｖ６

男根再生Ｌｖ２

主従契約（Ｌｖなし）　異性特効（Ｌｖなし）

（前日の仲良しでレベルアップしたぶんも含む）

＊

その翌日。

僕とアリシアはまた新しい依頼をこなすため、少し遠出をしていた。

目的地は街から馬車で半日ほどの場所にある山沿いの村、アルゴ。

どうも最近この村ではモンスターがよく出現するようになっていて、農作物を荒らしているらしい。村の戦士たちだけではそのうち手が回らなくなりそうだから、冒険者たちと共同で周辺を一斉駆除しておきたい、というのが依頼の内容だ。

街の周辺地理把握、というには少し村が遠いけど、山間部の探索は冒険者として良い経験になる。それにたくさんのモンスターを相手にするのはレベル上げにもちょうどいいと、僕たちは率先してこの依頼を受けたのだった。駆け落ちを続けるためにはできるだけ早く、たくさんの戦闘経験を積んでおきたいしね。

ただ、この依頼を受けるには一つだけ心配なことがあった。

馬車に揺られながら、僕は隣に座っていたアリシアに声をかける。

「あの、アリシア？　もう一回確認しておくけど、この依頼は多分村に何日か滞在することになるから。村には大きな宿もないだろうし、その間はエッチなことも我慢だからね？」

「……善処する」

「僕の目を見て言って！　あと僕の太ももを触りながら言うのも説得力に欠けるよ!?」

　大丈夫かな……。

　アリシアってその、かなり激しいし声も大きいから、小さな宿では周囲に音が聞こえてしまう。アリシアのそういうアレは万が一にもほかの人に聞かれたくないし、僕がしっかりアリシアの手綱を握るしかないみたいだ。

　アリシアに主従契約で言うことを聞かせる気なんてさらさらないけど、こういうときばかりはなんでエッチ禁止系の命令が通じないのかと主従契約スキルの偏った効果を呪いたくなる。

「うーん、やっぱりほかの依頼にすべきだったかな」

　この依頼は複数の冒険者が受けていて、既にいくつかのパーティが先行して村に入っていると聞く。僕たちがいなくてもモンスターの駆除は可能だろう。

「でも正当な理由なく依頼をキャンセルしたら信頼に響いて主従契約解除アイテムの使用許可が遠のいちゃうし……やっぱり僕がしっかりするしかないか……。アリシアの誘惑を断るのはかなり大変だけど」

　村にもそろそろ到着しちゃうし、腹をくくるしかなさそうだ。

　などと考えていたときだった。

「おいあんた!?　どうしたんだ、大丈夫かい!?」

　突如馬車が急停止し、御者さんの悲鳴じみた声が響いた。

なにかあったのかと僕とアリシアは幌から飛び出す。

するとアルゴ村へと続く街道に傷だらけの少女が倒れていた。

かなりの深手で、彼女が歩いてきたのだろう道には点々と血の跡が続いている。

「アリシア！　治癒スキルを！」

「……うん」

慌てて少女を抱き起こして手持ちのポーションを飲ませながら、アリシアにスキルを頼む。

まだ検証しきれていなかったアリシアの治癒スキルだったけど、その効果は思った以上に強力だった。女の子の傷がみるみるうちに塞がっていく。

「大丈夫!?　この傷はどうしたの!?」

ひとまず一命を取り留めた少女に呼びかける。

だけど治癒スキルとポーションだけでは失った血を戻すことができず、傷だらけの少女の意識はいまだ朦朧としているようだった。

「む、村が……アルゴ村のみんなが……」

僕の声に、少女がかろうじて掠れた声を漏らす。

「みんな死んじゃう……誰か、助けて……」

恐らくその一念が重傷の彼女をここまで突き動かしていたのだろう。

その言葉を残して少女は気を失ってしまう。

直後。

「ガルアアアアアアアアアアアッ！」

「っ！」

少女の血の匂(にお)いでも追ってきたのか。

街道の先から一匹のモンスターが飛び出してきた。

青い体毛に巨大な身体(からだ)。参考レベル40の狼型モンスター、ブルーファングだ。

街道沿いにほいほい出てきていいモンスターじゃない。

「しっ！」

「ガッ⁉」

剣を抜いて一閃(いっせん)。僕はそのモンスターを瞬殺する。

けどそれで一安心……なんて言っていられる状況じゃなかった。

僕たちが向かう予定だったアルゴ村でなにかまずいことが起きているのは明白だったから。

「アリシア。その子と御者さんを安全なところまで送り届けて。僕は先にアルゴ村に向かうけど、多分君の治癒スキルが必要になる。二人の安全を確保できたら、できるだけすぐ戻ってきてほしい」

「……わかった」

アリシアが馬車から二頭の馬を解放し、気を失った少女とともにその背に乗る。

御者さんももう一頭の馬に乗り、三人は街道を戻っていった。

「一体なにが起きてるんだ……！」

極短距離なら馬にも引けを取らないくらい速くなった〈淫魔〉の脚力を駆使し、僕は全力で村へと走った。

▼第20話　〈淫魔〉、本気でイク

ひたすら全力で街道をひた走る。

するとほどなくしてアルゴ村の入り口が見えてきたのだけど……そこには既に村と呼べるものは存在しなかった。

「な、んだこれ……!?」

壊滅している。

村の周囲に広がる畑、居住区を囲う大きめの柵、そして村人の暮らす家々がぐちゃぐちゃに破壊されていた。

そして人っ子一人いない村の中を住人に代わって徘徊しているのは、無数のモンスターだった。

マダラスネーク、ブルーファング、グレートグリズリー。

狭い範囲に密集しているせいか、モンスター同士で攻撃しあっている。

けど人間である僕の気配に気づいた途端、連中の殺意はすべて僕に向いた。

「「「グルアアアアアアアアアアアッ！」」」

モンスターたちが一斉に襲いかかってくる。けど、

「邪魔だ！」

「「「ガッ!?」」」

僕はそれらの敵を最小限の動きで切り捨てた。

レベル78に達した〈淫魔〉の意味不明な力だ。

「このあたりにいるのはあらかた倒したけど……どうなってるんだ一体」

状況から見て、モンスターの大量発生が起きたのは間違いない。

けど畑によくモンスターが出るようになったという程度の段階から、こうなるまでの時間があまりにも短すぎる。

村にはもともとモンスターから身を守るための戦力があったはずだし、僕たちのほかに何組もの冒険者パーティが先行していたはずだ。

それらの防衛力を突破して村を壊滅させるだけのモンスターがいきなり押し寄せるなんて非常識もいいところだった。

モンスターの出現分布異変といい、一体この周辺でなにが起きてるっていうんだ。

「……いや、いまはそれより村の生き残りを探さないと……！」

周囲を見回せば、村の被害に反して怪我人（けがにん）や死体が倒れているような様子はない。

争った形跡はあるけど飛び散っている血もそう多くないし、あの少女のようにどこかへ逃げた人たちがいるはずだ。

……ただその一方で、モンスターの死骸もかなり少ない。

それなりの広さがあるこの村を無茶苦茶にできるだけの数がまだどこかにいるはず、と僕が周囲を警戒ながら進んでいたときだった。

――オオオオオオオオオオオオオオオッ！

「っ！」

村の奥から、地を揺るがすようなモンスターの咆哮（ほうこう）が聞こえてきた。

僕は急いでそちらに走る。

そうして進めば進むほど、モンスターの凶暴な獣声と戦闘音がはっきりと聞こえるようになって、

「あれは……！」

僕の目に飛び込んできたのは、村の中心近くにある堅牢（けんろう）そうな建物。

そしてその周囲を取り囲む大量のモンスターたちだった。

百体近い数がひしめいているうえに、参考レベル50や60に匹敵するようなモンスターもゴロ

ゴロいる。

「クソっ！　こんなのきりがねえ！　もうもたねえぞ！」

「女子供をいつもどおりここに避難させたのが裏目に出ちまった！　まさかこんな大量のモンスターが逃げる間もなく押し寄せてくるなんて……ありえねえ！」

「ちくしょう！　妻と子供だけでもどうにか……！」

建物を守るように、村の戦士や冒険者らしき人たちが剣と魔法で応戦していた。

けどその状況はあまりにも多勢に無勢。

戦況は最悪のようで、既に戦っている人より倒れている人のほうが多い。

戦線は崩壊寸前だった。

躊躇(ためら)っている時間は一瞬たりともない。

「形状変化！　形質変化！」

僕は迷うことなく生き恥スキルを発動させた。

ビキビキビキズアアアッ！

瞬間、ズボンのウェスト部分から金属質の棒が飛び出してくる。

アダマンタイトに変化した男根が剣となり、ぴったりと僕の手に収まった。

「分離！」

変化した男根を抜き放つ。

そうして僕の手に握られるのは、最硬金属アダマンタイトでできた変幻自在の武器、男根剣。

僕はその剣を大きく振りかぶり、頭の中でイメージを作り上げた。

大量のモンスターを一気に刈り取る形を。

「あああああああああああああっ！」

ズバアアアアアアアアアア！

「「「ガアアアアアアアアアアアアアッ!?」」」

建物を囲んでいたモンスターたち。そのうちの十数体が一撃で息絶える。

細長く伸びた男根剣に上半身と下半身を分かたれ、真っ二つになって絶命したのだ。

凄（すさ）まじい切れ味を誇る男根剣の攻撃はそれだけでは終わらない。

返す刀でさらに剣を振るい、建物を取り囲むモンスターたちを連続でなぎ払った。

しかし相手の数は無尽蔵（むじんぞう）。

「「ガアアアアアアアアアッ！」」

僕の不意打ちに気づいたモンスターたちが僕を取り囲み、あらゆる角度から一斉に襲いかかってきた。長く伸びた男根剣の隙を突くような突撃だ。

けど無駄だ。

僕の男根に決まった形などありはしないのだから。

「形状変化！」

瞬間、僕の男根が縮み、それから何本もの刃に枝分かれした。

それは例えるなら、極端に幅の広い熊手(レーキ)のような形。

一振りで広範囲を同時に切り裂ける形状だ。

僕はそのまま回転し、アダマンタイトの切れ味をモンスターの群れへ叩(たた)き込む！

「「「ギイイイイッ⁉」」」

かなり雑な攻撃だが、アーマーアント・プラトーンの堅牢(けんろう)な甲殻を容易(たやす)く引き裂いた男根剣を受け止められるモンスターなどこの場にはいない。

硬く鋭い爪や牙も、僕の男根の前では紙切れに等しかった。

「やあああああっ！」

群れの中に真っ向から突っ込み、枝分かれした男根を振るいまくる。

容易く絶命するモンスターの返り血が目にかからないようにだけ気をつけて、密集するモンスターの間を駆け抜けた。ただそれだけで、数多(あまた)のモンスターが物言わぬ肉片と化していく。

「な、なんだありゃ……⁉　魔剣か⁉」

「助かった、のか……？」

突然の援軍に、村の人たちが驚嘆したような声をあげる。

けれどそうして彼らが呆然(ぼうぜん)と固まっていたのもほんの数秒。

「お、おいボーッとするな！　万が一あの人が負けたら今度こそ終わりだぞ！　俺たちも加勢して一気に巻き返すんだ！」

僕がモンスターの数を大きく減らしたことで一気に士気が回復したのだろう。

彼らの力強い援護もあり、村に蔓延っていた無数のモンスターはそれからしばらくして無事に全滅するのだった。

▼第21話　産み放題の穴

村の戦士や先行していた冒険者たちと連携し、村に押し寄せたモンスターを掃討してから少し経った頃。

少女と御者さんを安全な場所へ送り届けてから村にやってきたアリシアの手により、怪我人の治療が行われていた。場所は村の人たちが避難していた堅牢な建物の中だ。

「……大変、早く処置しないと」

ローブで顔を隠したアリシアはそう言って治癒スキルを発動。

倒れていた冒険者や村の戦士、避難所で身を寄せ合っていた人たちを次々と治療していく。

魔法系スキルは攻撃・補助を問わずそれなりの魔力を消費するためあまり濫用はできないはずなんだけど……〈神聖騎士〉であるアリシアはそのあたりも規格外のようで、魔力回復ポーションを使うこともなくあらかた治療してしまう。

その威力は村に常駐している〈聖職者〉以上のもので、多くの人を日常生活に支障が出ない程度にまで回復させるほどだった。重傷者もひとまずは命の危機を脱している。

「うわぁ、凄いや。僕じゃ応急処置の手伝いしかできないし、アリシ……アリィがいてくれて本当によかった」

「……えへへ、もっと褒めて」

僕に偽名で褒められたアリシアが照れたようにはにかむ。

と、僕が〈神聖騎士〉の潜在能力に感心していたところ、

「なに言ってやがんだ小僧！」

「わっ!?」

突如、村の男性や先輩冒険者たちが僕に突っ込んできた。

「化け物じみた強さのお前が来てくれなきゃ、治療以前に全滅してたんだ！　もっと胸張ってくれ！　じゃねえと俺たちが惨めってもんだ！」

「そうそう！　あの魔剣？　も意味わかんねー威力だったけど、あんたの身のこなしも普通じゃなかった。もちろんこのヒーラーの子の治癒魔法も凄まじいけど、あんたの強さあってのことだろ」

「本当に……なんてお礼を言えばいいか……！　あんたらが来てくれなかったら妻も娘も、もちろん俺も間違いなく全員死んでた！　ありがとう、本当にありがとう！」

「レイニーさんに勝ったっていうから強いとは思ってたが、まさかここまでたぁな……駆け出し冒険者にでかすぎる借りができちまったぜ」

口々にそんなことを言われて逆に恐縮してしまう。

なにせ僕はモンスターの群れめがけて自分の男根を振り回していただけなのだ。

けれど村の人たちの感謝は止まらず、あろうことか壊れた家々から残った財産を持ってこようとしはじめたので、僕は慌てて彼らを押しとどめる。

冒険者として多少の報酬は受け取らないとだけど、これから村の復興もあるだろうし大金は受け取れない。

「そこまでしていただかなくても大丈夫ですよ！　モンスターの素材を持ち帰れば十分なお金になるので！　……あ、でもお礼というなら、僕たちの武器やスキルについては内密にしておいていただけると助かります」

どうせこの先、アリシアの主従契約解除を目指すためにも冒険者としては活躍しなきゃなので、強さを隠す必要はない。

けど僕たちの素性を隠すためにも使用スキルや戦闘方法の詳細なんかはできるだけ広めたくないので、僕はその辺りの秘密厳守だけしっかりとお願いすることにした。

……なのだけど、

「冒険者のスキルや武器について口外しない、詮索しないなんて常識だろ！　まして恩人のそれを広めたりするかよ！」

「そうだそうだ！　なにかお礼させろ！」

「とりあえず飯だ！　この村で用意できる最高級の素材でもてなせ！」

絶望的な状況からいきなり助かったことでテンションが上がっているのか、みんな止まらない。あわわわ、どうしよう、と困惑していたときだった。

――カアン！　カアン！　カアン！　カアン！

響き渡った鐘の音に、村の人たちがぎょっと顔をこわばらせた。

僕とアリシアも驚いて顔を見合わせる。

なぜならそれは、どこの街や村でも共通の鐘の音。

モンスターの襲来を知らせるものだったからだ。

「ああ!?　いまモンスターどもをようやく討伐しきったとこだぞ!?」

「ギースの野郎、念のために見張り台に張り付いとくとか言ってたが、過敏になりすぎてなにか見間違えてんじゃねえのか!?」

口々に言いながら人々が武器を手に取り建物を出ていく。

僕とアリシアも彼らを追い越す勢いで外に飛び出した。

みんなが言うようになにかの間違いじゃないかと疑いながら。けど、

「……っ！　本当にまたモンスターが……!?」

見れば、村の南にある森林から複数の影がこちらに迫っていた。

ブラックグリズリー。筋肉質な巨躯が特徴的なレベル50のモンスターだ。

「畜生！　いきなり大量のモンスターが押し寄せてきたってだけで意味わかんねーのに、まだ続くのかよ!?　どうなってんだ!?」

叫ぶ村の人たちや先輩冒険者と共闘し、僕らはあっという間にモンスターを切り伏せる。

けどその場にいる人たちの顔は先ほどとは打って変わってとても暗い。

あれほど大量のモンスターが襲来した直後にまた複数のモンスターが出現したとなれば、この先も平穏などあり得ないと宣告されたようなものだから当然だ。

「なにか、原因があるのかも……」

アリシアが呟く。そこで僕はふとあることを思いつき、村の人たちに訪ねた。

「あの、もしかしてなんですけど。最初のモンスター襲来も南からだったりしませんでしたか？」

「え？　ああそういえば……いきなり大量に現れたもんだからしっかり確認したわけじゃないが、確かにあの方角から押し寄せたモンスターが一番多かった気がするな」

やっぱりか。

続けて僕は見張りの人にも話を聞き、モンスターが主に南の森からやってきているという確証を得る。となると……考えられる原因はそう多くない。

先輩冒険者の人たちも僕の仮説を肯定するように無言で頷いた。

「少し森を調べてみようと思います。またモンスターが襲来するといけないのでそんなに時間はかけませんが。誰か森を案内してくれませんか?」

村の人たちを不安にさせないよう、多くは語らず僕は周囲にそう呼びかける。

「モンスターが畑を荒らすようになってから、なにか異変があるんじゃないかと俺たちも何度か森は探索してみたが……あんたが言うならもう一度調べてみよう」

と、村の戦士の一人がそう言って手を挙げてくれた。

村周辺の見回りも兼ねてよく狩猟採取も行っているという男性だ。

続けて先輩冒険者が口を開く。

「なにかあった場合の連絡役も必要だろ。俺たちも付き合うぞ」

言って、先輩冒険者はパーティ数名での同行を提案してくれた。

村に先行していた冒険者パーティはまだほかにも残っているし、村の戦士たちも含めてその多くはアリシアのスキルで回復している。

僕たちを含めて数名の戦力が村を一時離脱するくらいなら大丈夫だろうと判断し、僕はお礼を言って頷いた。

「それじゃあこのメンバーで行きましょう」

僕とアリシアは同行を申し出てくれた人たちとともに、モンスターの潜む森へと分け入った。

「……来る。前方から四体、私たちの左右を抜けていきそうなのが二体」

「またか！　村に十分な戦力は残してるけど、できるだけこっちで処理しておこう！」

森に分け入ってしばらく。

僕はアリシアの探知スキルに引っかかったモンスターを（普通の剣で！）切り伏せながら、ひたすら森の中を進んでいた。

予想通り森の中からどんどんモンスターがやってきているようで、断続的に戦闘が続く。

けれどそれはモンスター大量発生の原因を探るために森に入った僕たちにとってはむしろ好都合だった。

モンスターがやってくる方角を目指せば、おのずと大量発生の原因へと辿り着けるからだ。

「あ、改めて見ると化け物だなあの少年……ていうかなんでモンスターのいる位置がわかるんだ？　少年の探知スキルか？」

「連絡役とか言っておいて本当は少年のサポートもしてやるつもりだったんだが……これじゃ本当についてきただけだな……」

「森の中の案内も必要なかったのでは……？」

まさか強力な回復スキルを持ったアリシアが探知スキルまで使えて、こっそり僕に敵の位置を教えてるなんて夢にも思わないのだろう。

僕とアリシアの背後に続く先輩冒険者たちが戦慄したように呟く中、モンスターがやってくる方角に突き進む。

そうしてしばらく進軍を続けた頃だった。

僕や先輩冒険者の人たちが予想していた――いや、それ以上のものが目の前に現れたのは。

「な、なんだと!?」

森の案内を申し出てくれた村の戦士が愕然（がくぜん）とした声を漏らす。

「ありえん！　ほんの数日前までここにこんなものはなかったはずだ！　こんな……こんな成熟したダンジョンなど！」

現実を受け止めきれないというような震（ふる）えた声。

けれど僕たちの視線の先……崖（がけ）の裾（すそ）にぽっかりとうがたれた巨大な洞穴からは現実を突きつけるように、いまなおモンスターたちが溢（あふ）れ出してきていた。

▼第22話　産み放題の穴　挿……突入準備

村の戦士いわく、畑の周辺にモンスターがよく出るようになってからはなにか異変が起きているのではないかと、森の見回りを強化していたらしい。

その上で異変らしい異変は発見できず、少なくとも数日前までこの場所にダンジョンなどなかったそうだ。

ましてや次々とモンスターが溢れてくる危険極まりないダンジョンなど見逃すはずがないと。

そうなると考えられる可能性は一つだ。

「やっぱり、突発性の魔力飽和型ダンジョン……！」

そもそもダンジョンとは、人知を超えた魔力の偏向によって出現するモンスターの巣窟だ。

形成される場所によって様々な形態を持つが、共通する性質は数多のモンスターを生み出すという点。

モンスターは通常の生物と同様、交配によって繁殖する。

けれど彼らは普通の生物と違い、魔力の偏向したダンジョン内で無尽蔵に生み出されるという特徴も有していた。

ただ、無尽蔵とはいっても通常は制限がある。

ダンジョンが内包できる以上の頭数は生まれず、冒険者などがモンスターを狩ってしばらくすると、まるで補充するかのように新たなモンスターを生み出すのだ。

けれど極希に、そうした法則を超えるダンジョンが出現する。

それが魔力飽和型。

普通のダンジョンよりもずっと濃密な魔力の偏向によって生み出されたダンジョンだ。

このダンジョンは内部のモンスターが飽和しようがおかまいなしに新たな生命を生み出し、モンスターを外部に放出するという極めて厄介な性質を持っていた。

しかも魔力飽和型は超濃密な魔力の偏向で生み出されるという性質上、短期間で急成長することが多く、対策する間もなくいきなり出現して被害の拡大を招くのだ。

街のギルドに助けを求める間もなく村が壊滅しようとしていた今回のように。

「けど数日前まではなかった突発性ダンジョンってことは、前々から村の周囲によくモンスターが出現するようになってたのとは別件だったのかな……？　いや、いまはそれより、一刻も早くダンジョンをどうにかしないと」

王都で習った知識からダンジョンの性質を見極めつつ僕は呟いた。

ダンジョンの最奥には偏向した魔力を司る核があり、それを破壊することでダンジョンの機能を停止することができる。

ダンジョンはその偏向した魔力ゆえに魔石をはじめとした様々な資源がとれるから、普通は街や国が核を破壊せず管理下においたりするものだけど……飽和型に関しては話が別だ。

少しでも早く機能を停止させなきゃいけない。

同行した先輩冒険者たちも僕と同じ結論に達したようで、青ざめながら言葉を交わす。

「こりゃ大変なことになった……！　いますぐ街のギルドに戻って攻略隊を結成しねえと！」

「でもどうすんだ!?　街まで片道で半日はかかるぞ!?　この手のダンジョンは時間をおくとさらに成長する恐れもあるし、現時点でレベル50や60のモンスターも生んでるんじゃ、この先どれだけの攻略難度になるか……」

「発生から数日で飽和するダンジョンだからな、一日の遅れが致命的になる可能性もある……」

彼らの懸念はもっともだ。

色んな意味でこのダンジョンは即攻略する必要がある。

となれば、

「僕たちが行きます」

「は？」

僕の言葉に先輩冒険者たちが固まった。

僕とアリシアにぎょっとしたような目を向ける。

「僕たちがって……まさかそのヒーラーの嬢ちゃんと2人でダンジョン攻略するつもりか!?」

アリシアの〈ギフト〉を誤認している先輩冒険者が叫ぶ。

普通、ダンジョンは四、五人のパーティで攻略するのが常識だ。

飽和型のような危険ダンジョンであれば、最低でもレイニーさん以上のベテラン冒険者を中心とした数十人規模の大隊を結成するのが定石だろう。ダンジョンの規模によっては領軍や国軍が出動する場合だってある。

けど今回は色々と事情が特殊すぎた。

僕は困惑する先輩冒険者たちに告げる。

「どのみち攻略隊がここに到着するまで、内部のモンスターが外に漏れないよう討伐し続ける必要があります。それなら内部に潜ってモンスターを積極的に狩り、ダンジョン内の魔力をモンスター生産に割かせることでダンジョン拡大を抑制したほうが効果的なんじゃないかと。あわよくばダンジョン攻略も狙えますし……無理だと思ったらすぐ戻るので、ここは僕たちに行かせてください」

このダンジョンをできるだけ早くなんとかしないといけないのは間違いないし、ほかに人がいないほうが僕とアリシアは全力を出しやすい。

少し傲慢な気もするけど、先ほど村を襲ったモンスターの群れを問題なく相手できたことを考えればそこまで無茶な判断でもないはずだった。

「そ、そりゃああんたらならこのレベルのダンジョンも突き進めそうだが、さすがに駆け出し二人に任せるわけには……」

先輩冒険者たちが苦渋の決断をするようにダンジョンと僕らを見比べる。

けどやがて事態の緊急性を重んじたのだろう、色々な迷いや葛藤を振り切るように頭をかき、「あーくそ情けねぇ。そういうのは先輩の役割だってのに！　わかった、ダンジョン内部はあんたらに任せる。俺たちは街への増援要請と、ダンジョン入り口待機組に分かれるよ。あんたらが魔力と体力を使い果たして戻ってきたとき、撤退を援護できるようにな。あと、あんたらだけでダンジョンに潜るなら一つ条件がある」

言って、先輩冒険者の男性が僕になにかを押しつけてきた。

不思議な光を放つ結晶だ。

これってまさか……。

「魔力の偏向したダンジョン内でだけ使える転移脱出用のマジックアイテムだ。念のためにと持ってた虎の子だが、あんたらにやるよ」

「え、でもこれ、かなり高価な代物じゃあ……」

「ああそうだよ！　本当ならタダでなんかやるもんか！　けどそうでもしねえと先輩としての面目が立たねえだろうが！　俺らを差し置いてたった二人でダンジョン攻略するってんなら、そのくらい聞いてもらわねえと納得できねえぞ！」

言葉と態度は荒っぽいけど、僕たちのことを純粋に心配してくれているんだろう。

僕は遠慮をやめ、素直にそのアイテムを懐（ふところ）にしまう。

「ありがとうございます、無理はしないので心配しないでください」

「ダンジョンで無理しねえなんて当ったり前だ！　そんじゃ、またあとでな！」

言って、先輩冒険者パーティは二手に分かれた。

村の戦士の案内に従って村へ戻る増援要請チームと、僕たちが敗走してきた場合に備えた撤退支援チームだ。

「よし、じゃあ行こう」

「……うん」

そして僕とアリシアは二人、次々とモンスターが生み出されるダンジョン内へと踏み込んだ。

「「「グガアアアアアアアアアアッ！」」」

「「しっ！」」

「「「グガッ!?」」」

襲いかかる怪物を切り伏せ、完全なるモンスターの領域へと突き進む。

▼第23話　産み放題の穴　陥落

ダンジョン内は偏向した魔力の影響で、壁全体がぼんやりと光っていた。

そのためダンジョン内では通常の洞窟と違い、ランタンや魔石灯を用意せずともどんどん奥へ進んでいける。

けどもちろん、暗闇以上の障害がダンジョンにはある。

次々と湧いてくる多種多様なモンスターだ。

「「「ギチギチギチギチ！」」」

金属音を鳴らして僕たちの前に立ち塞がったのはアーマーアントの群れ。そしてそれを率いるアーマーアントプラトーンだった。いつか街の近くでソーニャを襲っていた巨大昆虫たちだ。

ダンジョン内でモンスターが溢れたせいだろう。

凶暴な肉食虫である彼らは同じダンジョンから生まれた他のモンスターまで襲って食べているらしく、足下にはグレートグリズリーやブルーファングなど、村を襲っていたのと同じモンスターらの死体が散乱している。

そんなアリの群れから逃げだそうとしているモンスターがこちらに迫り、さらにはそれを追うアーマーアントの群れまでもが一斉にこちらへなだれ込んでくる！

けど——それはいまの僕たちにとって大した問題にはならなかった。

「男根形状変化！」

「周辺探知……身体能力強化【極大】」

「「「グギャアアアアアアアアッ!?」」」

即殺。

いくら数がいようと、四方八方から囲まれようと関係ない。

自由自在に形を変える僕の男根とアリシアの周辺探知に死角はなく、初めてのダンジョンでも止まることなく突き進むことができていた。

これまでの戦いで判明したことだけど、僕の男根変化スキルは魔力効率もかなり高く、アダマンタイト男根を振り回しまくっても魔力にはかなり余裕がある。

周りの目を気にして〈ギフト〉を隠すことなく全力を出せるアリシアの援護も加われば苦戦するはずもなく、ノンストップでダンジョン攻略を進めていった。

とはいえダンジョン攻略に油断は禁物。飽和ダンジョンともなればなおさらだ。

なので僕はウェイプスさんから譲ってもらった剣を使って魔力節約にも努めつつ、どんなイレギュラーがあってもいいよう慎重にコアのあるダンジョン最奥へと突き進んでいたのだけど……、

「……え？　もしかしてアレがコア？」

その光る球体を見つけて、僕は呆気にとられたような声を漏らしていた。

なぜならダンジョン突入からそう間を置かず、ダンジョンを形成するコアを発見することができたからだ。

それはもう拍子抜けするほど簡単に。

確かにモンスターとは多めに会敵したものの、飽和ダンジョンによくあるというモンスターが無数に湧き続ける部屋などにも遭遇することなくあっさりとだ。

「あとはこのコアを壊せばダンジョンクリアなわけだけど……おかしいな」

コアを前にして僕は首をひねる。

確かにこのダンジョンはたくさんのモンスターを生み出していた。

けど、なんか、飽和ダンジョンというには数が少なかったような……。

このダンジョンからモンスターが溢れていたことは間違いないのに、モンスターが溢れるほど密だったかといえば、僕にはどうもそうは思えないのだった。

それとも僕にダンジョン攻略経験がないからわからないだけで、このくらいのダンジョンからモンスターが溢れるのが普通なのだろうか。

少なくともアーマーアントによる捕食が発生するくらいに密だったのは確かだし……。

「……エリオ。コア、壊さないと」

「あ、ごめん！　ちょっとぼーっとしてた」

と、違和感に囚われていた僕の脇腹をアリシアがつついてきた。

僕ははっと我に返り、男根剣でコアを突く。

バキャッ！

突発性ダンジョンとはいえ発生から日が浅すぎるのか、ここにはダンジョン主的な存在もまだいないらしい。

僕らはそのままなんの障害もなく、ダンジョンコアを破壊することに成功したのだった。


コアを破壊されたダンジョンはもはやただの大きな洞窟だ。

残存魔力で壁が光を保っているうちに、モンスターの死骸が転がる通路を駆け戻る。

「っ!?　モンスターがまったく出てこなくなったからまさかとは思ったが……マジで飽和ダンジョンを攻略しやがったのか!?　しかもたった二人で！」

「とんでもねえ……これじゃあ街に増援を呼びに行った連中は無駄足だぜ」

地上に戻ると、僕らの帰りを待っていてくれたらしい先輩冒険者の皆さんが勢いよく駆け寄ってきた。

攻略の証として持ち帰ったコアの欠片(かけら)を、誰もが目を剝(む)いて凝視する。

それから僕の肩をバンバン叩(たた)いたり「お前らが討伐したぶんのモンスターの素材も運んでやるよ!」と言ってくれたりと大騒ぎだった。

「あ、ありがとうございます。けどほら、確かダンジョン攻略後って、後始末が色々とあるんですよね? それを先にやっちゃわないと」

「っと、そうだったそうだった。ダンジョンの後始末をやる機会なんてほとんどねえし、あんたらがあんまりにもヤベぇからすっかり忘れるとこだったぜ」

照れ隠しも含めた僕の言葉に、先輩たちが「いっけねぇ」と自分たちの頭を小突きながら首肯(しゅこう)する。

ダンジョン攻略後の後始末。

その主な内容は、元ダンジョン周辺に注意喚起(かんき)の印をつけることだ。

ダンジョンはその偏向した魔力により、かなり無理なかたちで空間を形成する。

特に今回僕が攻略したような地下に延びる洞窟(どうくつ)型はその傾向が顕著で、コアを破壊されて魔力がなくなると地盤沈下の危険が出てくるのだ。

なので攻略後は周辺の木々を切り倒したり縄を張ったりして、しばらくは人が安易に踏み込まないようにする必要があった。

　というわけで僕らは手分けをして作業を開始する。

　今回のダンジョンは分岐も少なくわりと真っ直ぐ延びていたから、事後処理も比較的簡単そうだった。これが普通のダンジョンだとしっかり内部をマッピングして、正確な範囲を立ち入り禁止区域に指定しないといけないらしいから大変だ。

　まあ普通のダンジョンは貴重な資源扱いだから、コアを破壊して後始末するなんてことはほとんどないんだけどね。

　と、そうして事後処理を開始してしばらくが経った頃だった。

「……え？」

　僕の視界に、そのあり得ない光景が飛び込んできたのは。

　そしてそれとほぼ同時に、周囲で作業を行っていた先輩たちからも悲鳴があがる。

「な、んだこりゃ!?」

「おいそっちもか!?　ってことはこりゃまさか……」

「……エリオ、大変」

　そして僕のもとに駆け寄ってきたアリシアが、小さくこう言うのだ。

「……あっちに、私たちが攻略したのとは別の……」

　しかしアリシアのその言葉は途中で途切れる。

僕の視線の先で、大きな洞穴が口を開けていることに気づいたからだ。

そして僕はアリシアと顔を見合わせたのち、悲鳴を上げる先輩たちのもとへと駆ける。

果たしてそこには予想通りの光景が広がっていた。

「大量発生していたのは、モンスターだけじゃなかったのか……！」

僕は思わず硬い声を漏らす。

なぜなら僕たちが新たに発見したそれらの穴は、明らかに偏向した魔力を帯びていて。

最低でも五つ。

恐らくはそれ以上の数の突発性ダンジョンがこの周辺に出現していると判明したのだから。

▼第24話　ダンジョン爆発

幸い、僕たちが新たに発見したダンジョンからはモンスターが溢れたりはしていなかった。

突発型には違いないけど、どうやらまだ飽和型には発展していないダンジョンだったらしい。

しかし最低でも五つ、恐らくはそれ以上のダンジョンが周囲に発生しているのは確実で、今後さらに増える可能性もある。そうなればモンスターの溢れ出る飽和型がまたいつ新たに発生してもおかしくない。

そういうわけで僕たちはすぐに村へと戻り、そこから先は大騒ぎだった。

街への連絡。

潰せそうなダンジョンの即時攻略と周辺探知。

村の住人の避難準備。

それからギルドへの状況説明と、やることが山積みだったからだ。

そしていま、住民避難用の馬車と一緒に現場へ駆けつけたギルマスのゴードさんへの報告がようやく終わるところだった。

壊滅した村に緊急設置された対策本部の椅子に腰かけたゴードさんは重々しく口を開く。

「報告ご苦労。まさか畑を守るだけの依頼がこんな大事になるとは……しかし幸いにして被害が拡大する前にこうして先手を打つことができた。君のおかげだ。重ねて感謝する」

「いえそんな、先輩冒険者の皆さんの力も大きかったので」

頭を下げるゴードさんに僕は恐縮してしまう。

それでもゴードさんはしばらく頭を上げてくれず、それから僕からの報告をまとめるように言葉を紡ぎ始めた。

「しかしダンジョン爆発か。まさか私の任期中に担当地域でこれが起こるとは……」

ダンジョン爆発。

それは広範囲で魔力が異常偏向した場合に発生する現象で、短期間の間に大量の突発型ダンジョンを生み出す自然災害だ。

ゴードさんの言うように極めて珍しい現象で、今回のように被害の少ない段階で発見できたのはかなりの幸運とのことだった。

「この災害の恐ろしいところは、突発型のダンジョンが多く生まれるところにある。そのほとんどは成長が早い以外に特徴のない普通のダンジョンだが、発生する突発型の数が多ければそれだけ飽和型に転じるダンジョンも増えるからな。気づいたときには城塞(じょうさい)都市をも滅ぼすモンスターの大量発生――スタンピードが発生していた、という事態も少なくないのだ」

ダンジョン爆発の対策は、新しいダンジョンが出現しなくなるまでひたすらダンジョンを潰(つぶ)していくことだけ。なのでこれからはこの村を拠点にしてダンジョンの捜索と攻略を繰り返す必要があるとのことだった。

「この任務には地域一帯の冒険者総出で当たることになる。たった二人でダンジョンを攻略してもらった直後で悪いが、恐らく君たちにも引き続き多数のダンジョン攻略を頼むことになるだろう。報酬ははずむから、どうか力を貸してほしい」

「冒険者なら当然です。一刻も早くこの村にまた安心して人が住めるようにしましょう」

〈淫魔(いんま)〉として王都を追われた僕だけど、国を守る〈聖騎士〉に憧れていた気持ちは消えていない。いまの状況はとても見過ごせるものではなかった。

「そう言ってくれると助かるよ。まったく、たった二人で村を救い凶悪なダンジョンを攻略したとは思えない誠実さだ。つくづく、私の息子にしたいくらいのできた少年だな」

なんだか嬉しげにゴードさんが笑う。

と、そこで僕はゴードさんに確認しておかなければならないことがあると思い出す。

「その、僕たちが攻略したダンジョンについてなんですが……実は飽和型にしては少し違和感があったんです。確かにモンスターが溢れ出してきてはいましたけど、あれは本当に飽和型だったんでしょうか」

報告の際にも攻略したダンジョンについて伝えてはいたが、改めて自分の主観を交えてゴードさんに尋ねてみる。

するとゴードさんは「うぅむ」と顎を撫でながら、

「確かに……改めて聞けば飽和型らしくないな。にもかかわらずモンスターが湧き出ていたということは、ダンジョンが相互作用を起こしていたということかもしれん」

ゴードさん曰く。

ダンジョンが狭い範囲に大量発生した場合、ダンジョン同士の濃縮された魔力が互いに反発しあうのだという。そうなると内部のモンスターが「ダンジョンが崩壊する!?」と勘違いし、外部へ飛び出してしまうことがあるらしい。

「ダンジョン爆発自体が前例の少ない災害なので確証はないが、君の挑んだダンジョンが仮に飽和型でなかったとしたら、モンスター大量出現の原因はそれくらいしかないだろうな」

と、ゴードさんが見解を述べる。

話を聞いた僕は「なるほど」と首肯(しゅこう)した。

けどそうなると今度はダンジョンの相互作用だけであれだけたくさんのモンスターがダンジョンの外に出てくるのだろうかという新たな疑問が湧いてくる。

しかし僕たちが既に攻略してしまったあのダンジョンについていまさら深く検証することもできず、僕はひとまずゴードさんのその言葉に納得するほかないのだった。

▼第25話　アリシアの禁欲チャレンジ

さて、そうしてゴードさんとダンジョン爆発について意見を交わしてしばらくしたのち。

住民の避難が完了した村には簡易の駐屯(ちゅうとん)地が設置され、僕たち冒険者はそこを拠点にダンジョンを潰(つぶ)しまくる日々を送ることになったのだけど――そこで改めて、僕は今回の仕事におけける課題をアリシアと話し合っていた。

すなわち、アリシアとの夜の営みについてである。

「アリシア。この前と同じことを言うけど、今回のダンジョン爆発対策では何日も前線に留まることになるから。その間エッチなことは我慢だよ？　アリシアのそういう声、ほかの人には絶対に聞かれたくないし。今後も似たような仕事はあるだろうから、そのためにもさ」

最初アルゴ村にやってきたときとほとんど同じことを僕はアリシアに提案する。

あのときのアリシアは「善処する」と言いつつこっそりエッチなことをする気満々だったから、今回も僕が頑張らないといけないかも、と覚悟しつつの提案だった。

なのだけど、

「……わかった、今度は本当に頑張る」

「ホントに⁉」

「……うん。今回はこっそり仲良しするのも難しそうだし……私もエリオ以外の男の人にそういうの、絶対に気づかれたくないから。なにより、エリオが本気で嫌がることはしたくない」

「そっか……ありがとう」

いま現在、アルゴ村はダンジョン爆発対策のために大変騒がしくなっていて、僕たちはたくさんの冒険者が共同生活する簡易宿舎で寝泊まりすることになっている。

駐屯地内にはモンスターの襲来に備えた見張りも多く、さすがにそんな状態で隠密仲良しができるとはアリシアも思わなかったらしい。

前回の禁欲チャレンジ提案時とは違い、太ももを撫でたりすることなく素直に頷いてくれたアリシアに、僕はほっと胸を撫で下ろすのだった。

ふう、よかった。

これでアリシアとの仲良しをほかの人に目撃される恐れはなくなるし、なによりちょっと加熱気味だったアリシアとの夜の生活を少し落ち着かせる良いチャンスだ。

（ダンジョン爆発は大災害だから本当はこんなこと言っちゃいけないんだけど……これはもしかするとアリシアとの健全かつバランスのとれた仲良し生活を実現するための良い機会なのかもしれない……仲良しワークライフバランスの実現だ）

と、そんな希望まで抱きつつ。

たくさんの冒険者が集まるアルゴ村駐屯地にて、ダンジョン攻略と並行した僕とアリシアの禁欲チャレンジが始まるのだった。

うん、まあ、始まったんだけど……、

禁欲チャレンジ一日目

「ふー♥、ふー♥　ふー♥」

アリシア？　大丈夫？」

「だ、大丈夫……エリオも、私と一緒にいるために色々と頑張ってくれてるし……私だって、頑張れるときに頑張らないと、ダメ……♥　たとえ……ダンジョン攻略でうっすら汗をかいたエリオの香りが漂ってきて……理性が飛びそうでも……っ！」

湧き上がる熱を発散させるようにアリシアが二人きりのダンジョン内で暴れ回る！

けど激しい命のやりとりをすればするほどさらに生存本能が刺激されるようで――。

禁欲チャレンジ二日目

「ううう♥　うううぅっ♥」

「アリシア！　我慢！　我慢だよ！」

ダンジョン攻略の合間。僕の胸にぐりぐりと頭を埋めて唸るアリシアに僕もぐらりときてしまう。けれど鋼の意志で必死に耐え、彼女の頭を撫でながら必死に呼びかけた。

禁欲チャレンジ三日目

「ふー♥　ふー♥……食べちゃダメ……食べちゃダメ食べちゃダメ……エリオの嫌がることはやっちゃダメ……匂いだけで我慢……我慢……すー♥　はー♥」

「アリシア！　あと一日だから！　明日には交代休憩で街に戻れるから！　それまでの辛抱だから！　だからちょっと、それ以上僕のアソコに熱い息を吹き込むのは……っ」

なんかもう、この段階になるとアリシアがかなりヤバイことになっていた。

潤んだ瞳でこちらを見つめ、なにかぶつぶつ呟きながら、すがりつくように僕の股間に顔を埋めて深呼吸しまくるのだ。まるでそこでしか息ができないかのように。

もちろん物陰での出来事で、ほかの人に目撃されるようなことはなかったのだけど……その喫煙ならぬ喫股間休憩は僕の理性をこれでもかと揺さぶった。

――とまあ、予想以上に色々とアリシアが大変なことになってしまい、いつアリシアの理性が崩れ去るか気が気ではなかった。

だけど最終的にアリシアは――耐えた。

一線を決して越えることなく、三日間という長期間の禁欲をやり遂げたのだ！

そうして禁欲チャレンジ四日目、仲良し解禁日。

数日ぶりにダンジョン攻略を一休みし、街に戻ってきた夕方。

「アリシア、今回は本当にお疲れ様」

僕は長期滞在している壁の厚い宿の一室で荷物を下ろしながらアリシアに向き直る。

「正直、僕もアリシアとの仲良しを我慢するのは大変だったし……なんというかその、今日はアリシアの好きにしていいよ。三日間頑張ってくれたぶん」

と、僕は自分のセリフに顔を赤くしながらアリシアにそう言ったのだけど……あれ？

「アリシア？」

「……」

なんだかアリシアが凄く静かだった。

荷物を下ろしたまま微動だにせず、息を荒らげたりもしない。

「だ、大丈夫？　そういえば馬車の中でも静かだったけど、どこか調子が悪いの？」

いやけどそんな様子でもないし……あれかな。もしかして一度限界まで仲良しを我慢したことで仲良し欲求が少し落ち着いたのかも——などと思っていた直後だった。

その静けさが、嵐の前の静けさにすぎなかったと思い知ったのは。

「エリオを……私の、好きにしていいの……？」

「え？」

それまで押し黙っていたアリシアがぽつりとそう漏らした次の瞬間——三日間溜め込んだアリシアの欲求不満が爆発した。

「エリオ♥　むちゅっ♥　エリオエリオエリオエリオ♥　むちゅっ♥　ちゅぱっ♥　好き♥　じゅぷっ♥　大好き♥　ずっと寂しくて、疼いてて、お腹の辺りがずっと切なかった……♥」

「ちょっ、アリシ……!?　うむぐっ、うむぐううううううっ♥!?」

それはもう、激しいなんてもんじゃなかった。

まさに〝貪る〟としか表現できない勢いで、アリシアが僕の唇をついばみまくる。

山賊にでも襲われたかのように一瞬で肌着を剥ぎ取られ、僕はベッドの上で文字通り全身を貪り尽くされた。

そして、

「好きなだけして……いいんだよね……♥♥♥？」

「ちょっ、アリシア!?　それはそうなんだけど何事にも限度ってものがうわああああああああああああああああああああああっ!?」

「エリオ♥　エリオエリオ♥　好き、好き♥　好き好き好き好き……♥」

「～～～～～～～っっ♥♥♥!?!?!?」

そこから先はもう、無茶苦茶だった。

全身をマグマのように熱くしたアリシアが僕を飲み込み、いつもの倍以上に激しい仲良しが展開される。耳元で愛を囁かれ、頭が溶けるような快感と幸福感をひたすら叩き込まれる。

そのあまりの激しさに、僕も絶倫スキルと男根形状変化を使って全力で応えたのだけど……

そこで僕は、恐ろしい事実に直面した。

（あ、あれ……？　アリシアの勢いが、全然衰えない……!?）

それは、明らかに異常だった。

いつもなら何度も全力で仲良ししているうちに満足して眠りにつくはずなのに、その兆候がまったく訪れない。

それどころか……、

「……エリオが全力で応えてくれてる……好き、大好き……♥」

（さらに激しくなった……!?）

アリシアの仲良しが止まらない！

それは、三日間という長期間にわたる禁欲の完全なる反動。

仲良し欲求が落ち着くどころか、予想を遥かに超えるほど膨れ上がったアリシアの愛情に、

僕は大いに慌てる。

なんかもう、アリシアの勢いが本当に凄まじい。

このままだと今晩中どころか、明日も一日中アリシアに貪られるだけで終わりそうな勢いだった。

……いや、それどころかこのままだと——絶倫スキルの限界を超えて吸い尽くされる⁉

(い、いやこれ、ちょっ、ど、どうしよう⁉　どうすれば⁉)

どうにか対策を講じようと足掻くも、全力でアリシアに愛される多幸感で考えがまとまらない！　こ、こうなったら……っ！

(干からびるのを覚悟で、三日間頑張ってくれたアリシアを受け止める！)

状況的に仕方なかったとはいえ、いきなり三日間もの長期禁欲を頼んだのは僕なのだから！

と、僕が決死の捨て身戦法に出ようとした、そのときだった。

「え？」

下腹部に、とてつもない熱が宿ったのは。

その熱はいままさに戦闘中である僕の男根にまで下りていき、

「……？　あれ？　エリオのお馬さんの形が……いままでにない感じに……っ～～～♥♥♥♥」

「え、アリシア⁉」

突如、アリシアが連続で仲良しの頂に達して幸せそうな嬌声をあげた。

激しく身体を痙攣させ、僕から少し離れるくらいの勢いでベッドの上に倒れる。

な、なんだ!?　僕はアリシアを抱き上げて——そこでふと、自分の男根が目に入った。

「え」

そこで僕は目を見開く。

なぜならさっきまでアリシアと愛情合戦していた僕の男根が、まったく未知の形に変形していたからだ。

「え、な、なんで？」

確かに僕はさっきまで男根形状変化を使って、できるだけアリシアを気持ちよくできるように努めていた。けどそのときイメージしたのはこんな洗練された形じゃない。

一体どうして勝手に形が変わって……と、そこまで考えたところで僕はふと気づいた。

「ま、まさか……」

と、僕は先ほど自分の下腹部に起きた変化から、直感的に自らのステータスプレートを確認した。するとそこには、

適正男根自動変化（Ｌｖなし）

案の定、頭のおかしい新たな変態スキルが出現していた。

「な、なんだこれ……!?」

あまりにも唐突な新スキルの登場に、思わずそんな声が漏れる。

アリシアとの激しい仲良しで経験値が貯まったからか。

それとも僕の男根危機に〈淫魔（いんま）〉の本能が働いたのか。

スキルが出現した正確な理由はわからない。

けど、

「エリオのお馬さんが……一番気持ちいいところを全部一気に……ゴリゴリッて……っ♥♥」

そう言って幸せそうに身体（からだ）を震（ふる）わすアリシアの発言と、先ほどの連続仲良し絶頂。

そしてこの変態スキルの名称からして、その効果は多分——目の前の女の子が一番気持ちよくなる形状に男根を自動変化させることだった。

……穴があったら入りたいほどに恥ずかしい。

けどその変態スキルはいまの僕には都合がよすぎるほどに必要なもので——。

「え、ええと……それじゃあアリシア、改めて三日間お疲れ様」

「エリオ♥　しゅき、だいしゅきぃ……♥」

僕は恥を忍んでその新スキルを濫用（らんよう）多用。

長期間の禁欲によって予想外の爆発を見せたアリシアを短時間で満足させ、ベッド上の危機をどうにか乗り切ることができたのだった。

禁欲チャレンジ、今後はもう少し期間とか考えないと……。

と……そんな危機一髪な出来事はありつつ、ダンジョン爆発の対策自体は極めて順調に進んでいった。

発展途上のダンジョンは敵の数こそ多いけど、モンスターのレベルは割と低い。僕とアリシアは二人でいくつものダンジョンを攻略しまくることで実戦経験を積み、コツコツとレベルを上げていった。

ギルマスのゴードさんは宣言通りダンジョンの攻略報酬に申し訳ないほどの色をつけてくれたので、生活資金もどんどん潤っていく一石二鳥ぶりだ。

ダンジョン爆発による新たなダンジョンの発生も少しずつ減っていて、このペースでいけばそう遠くないうちにダンジョン攻略の日々も落ち着きそうだった。最終的にはアルゴ村の近くに〝アルゴ村ダンジョン〟として資源採掘用のダンジョンを幾つか残し、その資源を利用して村を復興していくという見通しも立っているらしい。

そうしてダンジョン爆発対策は大きなトラブルもなく、最初に大量のダンジョンを発見した際の衝撃に反して順調に進んでいくのだった。

……けどそうしてダンジョン爆発対策が滞りなく進む一方。

それに伴って、駆け落ち生活を続けていくうえでちょっとした問題が二つほど発生していた。

そのうちの一つは……、

「お前ら、この短期間で武器を酷使しすぎだ！　こんな頻度で手入れに来てたらいくらあたしが作った武器でもすぐガタがきちまうぞ！」

アリシアのレベルアップと僕の基礎戦闘力向上のため、男根剣の使用を控えてダンジョンに挑みまくっていたせいだろう。

武器の摩耗が激しく、連日のように手入れを頼むようになった僕たちの顔を見て、ウェイプスさんがお説教するように叫んだ。

アリシア・ブルーアイズ　ヒューマン　〈神聖騎士〉レベル20
所持スキル
身体能力強化【極大】Ｌｖ５　剣戟（けんげき）強化【大】Ｌｖ３
周辺探知Ｌｖ３　ケアヒールＬｖ３
神聖堅守Ｌｖ２　魔神斬りＬｖ２

I was banished from the capital. But the more I get along with the girls, the stronger I get.

（アリシア、夜が激しすぎるよ……もし僕が〈淫魔〉じゃなかったら絶対に満足させてあげられてないよ……）

「……」

「ねえアリシア、ちょっと変な質問なんだけど……」

「……なあに？」

「もし僕が〈淫魔〉じゃなくて夜のほうも普通だったら、その、どうしてた？」

「…………旅に出てた」

「え？」

「……旅に出て、エリオの体力が安全に増えるマジックアイテムや秘薬を探し歩いてた。もちろんエリオも一緒。エリオ以外じゃ、や。絶対」

「そ、そっか」

（これもしかして、どう転んでもアリシアは僕と王都を出奔することになってたんじゃあ……）

第四章

▼第26話　アリシアの性長（ダンジョン攻略の代償その1＆その2）

「お前ら、この短期間でどんだけ武器を酷使すんだ！」

ダンジョン爆発によって出現した大量のダンジョンを攻略するために酷使された武器を見て、鍛冶師のウェイプスさんが叫んだ。

ドワーフとのハーフであるウェイプスさんは綺麗な黒髪を振り乱し、整った顔を歪める。それから大きく溜息を吐くと、半ば感心したような、半ば呆れたような複雑な様子でアリシアに目を向けた。

「特にお前。あたしのやった〈風切り〉がこんなに消耗するなんざ、普通ならありえねえ。一体どんな威力で剣を振ってんだか。会ったときから思ってたが、やっぱとんでもねえ〈ギフト〉持ちだろお前」

アリシアに向けられたその言葉に僕はギクッとする。

ウェイプスさんの言う通り、アリシアは〈神聖騎士〉という伝説級の〈ギフト〉を授かった身だ。繰り出すスキルの威力も強く、手加減しても武器にかかる負担がかなり大きくなってしまうのだった。

王都から追っ手がかからないようアリシアは正体を隠していて、そのせいで人前ではあまりおおっぴらに力を使えない。なので他人の目がないダンジョン内ではついついはしゃいでしまうようだった。

とはいえウェイプスさんはその辺りの事情を詮索するつもりはないようで、すぐに話題を武器へと変える。

「ったく。いまはまあ武器のほうもなんとか嬢ちゃんの力を受け止められてるが、このまま成長してけば三か月後か四か月。まあそう遠くないうちにダメになるだろうな」

「え、そんなに早くですか？」

ウェイプスさんの言葉に僕は目を剥く。

ウェイプスさんに譲ってもらった武器〈風切り〉は武門貴族育ちの僕たちから見てもかなりの一品。それが半年もたないと聞いて、ダンジョン攻略でレベルアップを繰り返す〈神聖騎士〉の成長性に驚かされる。

僕の場合はたまに男根剣も交えて戦うからそうでもないけど、アリシアの場合は〈風切り〉一本に負担が集中するから余計に消耗が激しいらしい。

「武器の見立てであたしが間違えるなんてこたぁねえよ。悪いことは言わねえ、いまから次の武器を調達する準備をはじめといたほうがいいぜ。この嬢ちゃんの力を長いこと受け止められる武器なんて、聖剣クラスの魔法武器くらいしかねえだろうしな」

「魔法武器……」

それは名前の通り、様々な魔法効果の込められた武器のことだ。

所有者の攻撃力アップや魔法攻撃属性搭載といった特殊効果もあれば、切れ味増大というシンプルな効果が付与された武器もある。

〈聖騎士〉の代名詞である聖剣もそのうちの一つで、強靭な不壊属性が付与されている代物だった。ゆえに聖剣は国防の任を任せられるほど強い〈聖騎士〉たちの代名詞なのだ。

だけど当然、そんな武器を入手しようと思えばそれなりの代償があるもので……、

「お前らはあたしが気に入ったお得意様だしな。格安で武器を作ってやりてえが、魔法武器となるとそう簡単にはいかねえ。大金を積まねえと手に入らねえ素材も多いし、いまからしっかり貯めといてもらわねえとあたしの懐だけじゃどうにもならん」

ウェイプスさんの言う通り、魔法武器の作製には膨大なお金がかかる。

特に聖剣と呼ばれるレベルの不壊属性武器を作ろうとすれば、それこそ目が飛び出るような額がかかるだろう。

父さんは困ったことがあれば連絡しろと言ってくれたけど……いくらなんでも聖剣を作れるほどの資金援助なんて頼めるわけがない。そもそもいまは駆け落ち中みたいなものだし……。

唐突に降って湧いた無理難題に、「ウェイプスさんって魔法武器まで作れるんですか!?」と

驚愕を口にする余裕もなかった。

アリシアが強くなるのはいいことだけど、王都を追い出された僕にはソレを十分に支えるだけの甲斐性がないのだと痛感させられる。

「……エリオの足手まといにならないよう、頑張ってお金、稼がないと」

アリシアが「ふんす」と気合いを入れてくれているけれど……さてどうしたものやらと僕は途方に暮れるのだった。


さて、それがアリシアの急成長によって生じた一つ目の問題。

そしてもう一つの問題は……夜の営みに関することだった。

「……ふーっ♥　ふーっ♥　エリオ、好き、大好き……♥　だからもう一回だけ……ね？　もう一回しよ……？」

「わ、わかったよアリシア。もう一回だけだよ？」

ダンジョン攻略で定期的にレベルが上がるようになって以降、アリシアの夜の体力増強が止まらないのである。レベルが1上がるごとに着実に回数が増えていく。

幸いにして、アリシアの体力増強はいまのところ絶倫スキルで十分対処できる程度のものだ。

禁欲チャレンジの際に新しく芽生えた〈適正男根自動変化〉スキルの活躍もあり、アリシアを短時間で満足させて眠りにつくことができている。

けどもしこのまま今の成長率が続けば、アリシアを満足させるのに文字通り一日中「仲良く」しないといけない未来が来るんじゃないかと僕は震えているのだった。

「多分いつか、おちんちんの数が足りなくなる……」

一年後か、それとも十年後か。

来る性欲のシンギュラリティに備え、いまから対策を練っておく必要があった。

このままだと王都に連れ戻される云々以前に、アリシアとの駆け落ち生活に支障が出かねないからね！

「となると……いよいよあのスキルを試してみるしかないか……」

アリシアが可愛らしい寝息を立てる横で僕はステータスプレートを表示する。

男根再生Lv3

検証するのも怖いからとこれまで見て見ぬ振りをしていたそのスキルに、僕はついに手を伸ばすのだった。

……まさかこの変態スキルがアリシアの性欲だけでなく、聖剣作りの資金調達にも多大な貢献をしてくれるなんて思いもせずに。

エリオ・スカーレット　ヒューマン　〈淫魔〉レベル85

所持スキル

絶倫Ｌｖ８
主従契約（Ｌｖなし）
男根形状変化Ｌｖ８
男根形質変化Ｌｖ６
男根分離Ｌｖ４
異性特効（Ｌｖなし）
男根再生Ｌｖ３
適正男根自動変化（Ｌｖなし）

▼第27話　スキル検証その３　男根再生

男根再生Ｌｖ３
僕はいままで、このスキルの効果を検証することもなく見て見ぬ振りをしてきた。
なぜならスキルの効果は名前を見れば明らかだったし、検証するには男根を傷つける必要がありそうだったからだ。
たとえスキルで治る可能性が極めて高くても、自分のアソコを好んで傷つけられる男なんているわけがない。少なくとも僕は怖くて無理だった。

なので僕はこのスキルは見なかったことにして、一生使う機会なんてありませんようにと祈っていたのだけど……アリシアの体力にどう立ち向かうか考えていたときにふと思ったのだ。

男根分離スキルによって股間から男根が切り離された状態で男根再生を使ったらどうなるのだろう、と。

男根分離でアソコが切り離された状態とはつまり、股間から男根が欠損した状態とも言える。ある意味では男根再生を発動させる条件は整っているわけで……僕はついにこの禁断のスキルを検証してみることにするのだった。

「じゃあ……いくよ」

「……うん」

その日の夜。

ダンジョン攻略の拠点となっているアルゴ村から辺境都市グレトナの宿へと戻ってきていた僕とアリシアは、ベッドの上で真剣な表情を浮かべていた。

「まずは男根分離」

ポロッ。

僕の股間から男根が分離し、ベッドの上にどさっと落ちる。

いままで男根が生えていた部分は最初からそうだったようにつるつるの真っ平らになった。

いつ見てもぞっとする光景だ。

そして僕は続けて、そのスキルの名前を口にする。

「……男根再生」

と、次の瞬間。

パアアアアアアッ！

僕の股間を光が包んだ。

「「っ!?」」

僕とアリシアは目を丸くする。

それはまるでアリシアが回復魔法を使うときのような光で――その神々しい光がおさまったとき、僕の股間には新しい男根が生えていたのだ。

そして驚くべきことにというか予想していた通りというか……先ほど分離した僕のアソコはベッドに横たわったまま、ドクンビクンと脈打っていた。

つまり色も形も大きさもまったく同じ男根が二つ、僕たちの目の前に出現していたのである。

「ふ、増えた……本当に増えちゃった……」

期待していたこととはいえ、実際にアレが増えたことに僕はドン引きしてしまう。

相変わらず僕の〈ギフト〉は最低な方向ばかりに優秀なようだった。

「……凄い……エリオのお馬さんが二本も……夢みたい……」

アリシアが陶然とした表情で分離した男根（古・男根とでも呼ぼうか）に手を伸ばした。その白く滑(なめ)らかな手が、古・男根を愛(いと)しそうに撫(な)で回す。

僕はその光景に赤面しつつ、唾(つば)を飲み込みながら見入っていた。

なぜならこの男根増殖実験は、増えた男根がアリシアとの「仲良し」に使えるかどうか検証することが一番の目的だったからだ。

増えた男根が「仲良し」に使える機能を残したままなら、来る性欲のシンギュラリティへの心強い武器になる。そう期待して、僕は今回のスキル検証に臨んだのである。

そこで僕はふと気づく。

（あれ？　分離後の男根に感覚を繋(つな)げるかどうかは常に選択できるはずなんだけど……おかしいな、古い男根とはいくら念じても感覚が繋がらないや）

僕の感覚はいま股間(こかん)から新しく生えてきたアソコに繋がっていて、どう意識しても古・男根には繋がらない。アリシアが優しく撫でてくれる感覚がまったくもって伝わってこないのだ。

どうやらアソコを増やした場合、一番新しく股間から生えたものがシン・男根として扱われるようだった。自分でもなにを言っているのかよくわからない。

「……わ、凄(すご)い。大きくなった」

と、僕が分離した男根について考察している間にアリシアのほうでも変化が起こる。

僕の股間、そして感覚から完全に分離しているはずの古・男根が、アリシアの愛撫(あいぶ)に反応して戦闘態勢に移行していたのだ。

それだけでも「やった……！」と声を上げたくなるほどの成果だったのだけど……古・男根の変化はそれだけに留まらない。

ムキムキムキッ！

古・男根の形が自動的に変化する。

根元から突起が生え、竿の部分に複数のイボが発生。カリ首は凶悪に反り返り、女の子のアソコを刺激するのに最適な形へと姿を変えていた。

「……！　分離後も硬くなってくれるだけでも十分すぎるほどの成果だったのに、自動変化スキルの効果も付与されたままなんて……！」

僕は思わず目を見開く。

分離した古・男根が、先日発現した〈適正男根自動変化〉の効果を発動させたからだ。

先日新しく発現したこのスキルの効果は、男根を自動的に変形させるというもの。

それも目の前の女性が最も気持ちよくなる形に男根を変形させるという非常に頭の悪いスキルだった。

けどその効果はかなりの高性能。

アリシアにせがまれるかたちであれから何度も試した結果、どうやらこのスキルは女の子のアソコや心身の状態に合わせて常に男根の形を変え続けるようで、マンネリ防止にも完全対応しているようなのだった。

そしてそんな高性能スキルの効果が分離後の古・男根に付与されたままとなれば……これは望外の実験結果と言うほかない。

「……もうダメ……我慢できない……いただきます……んっ♥」

と、完全なる戦闘態勢に移行した古・男根をアリシアが手に取りその上にまたがった。

瞬間、悲鳴のようなアリシアの嬌声が部屋に響く。

「……はああああっ♥　すごいっ、すごいっ、本物のエリオ……硬さも熱さも、全部本物のエリオだ……っ♥」

激しい腰振りとともに女の子の匂いが部屋に充満し、嬌声の合間にアリシアが古・男根の使い心地を実況してくる。

そんな光景に頭がクラクラし、僕が耳先まで顔を真っ赤にしていたところ、

「……はあああああああうっ♥♥」

一際激しく体を痙攣させ、アリシアがばたりとベッドに倒れた。

それと同時に古・男根がアリシアから抜け落ちる。けれどその肉の棒は萎えることなくギンギンにそそり立ったままだった。

これはもう、男根再生スキルの有用性は完全に立証されたといっていいだろう。

一年後か十年後か。

仮にアリシアが性欲のシンギュラリティを起こしたとしても、二本目三本目の矢があればき

っと対処できる。アリシアと末永く健全に「仲良く」していけるはずだ。

と、ひとまずほっとした僕の脳裏に、ふと素朴な疑問がよぎる。

「分離した古・男根には自動変化スキルが付与されてた……なら他のスキルはどうなんだろう」

本当はいますぐベッドに横たわるアリシアを抱きしめたい衝動に駆られていたのだけど……

僕は自分の理性を鍛える訓練も兼ねて頭をよぎった疑問に意識を集中させる。

そうしてアリシアの淫(みだ)らな姿に赤面した頬(ほお)を冷ますようにしながら、僕はその疑問についてすぐさま検証し始めるのだった。

男根再生スキルの可能性は多分、アリシアの性欲解消だけには留まらない。

▼第28話　ポケッ〇モンスター　金／銀／プレーン

男根再生の効果によって、僕の男根は二本に増えた。

しかも新しい男根が生えたことで感覚が繋(つな)がらなくなっていた古・男根にも適正男根自動変化の効果が付与されたままと判明し、そこで僕はある仮説を閃(ひらめ)く。

分離後の古い男根に自動変化スキルが付与されてるってことは、いままでの最低スキルの効果も付与できるんじゃないだろうか。

すなわち、男根剣が複製できるんじゃないか？　と。

そうして僕は頻繁に復活するアリシアに襲われながら色々と試してみたのだけど……これが期待通りというか期待外れというか、なかなかに中途半端な結果だった。

まず男根形質変化。これは感覚が繋（つな）がらなくなった古・男根にはほとんど適用されなかった。一応形は変えられるのだけど、質量はあまり変わらないし、僕のイメージからは微妙にずれていたりと、どうにもクオリティが低かったのだ。

一方、形質変化のほうは比較的まともに効果が発動した。

僕から完全に分離した古・男根も石や木、各種金属にちゃんと変化してくれたのだ。

ただ肝心のアダマンタイトには変化してくれず、どうやら完全分離後の古・男根に対しては各種スキルの効果が劣化した状態で適用されるらしいと僕は結論づけた。

男根適正変化が通常通り作用したのは、Ｌｖのないスキルだったからかもしれない。

もし男根剣を複製できるなら、それをアリシアに装備してもらうことで武器問題を解決できるんじゃないかと思っていたのだけど……そう都合よくはいかなかったようだ。

……けどまあ、ここは〈神聖騎士〉のアリシアに僕の男根を握って戦ってもらうなんて倫理的に完全アウトな選択肢が生まれなくてよかったと喜ぶべきところかもしれない。

と、少々期待が外れてしまったスキル検証だったけど……ここでまたひとつ、僕の倫理観を試すような実験結果が生じてしまっていた。

古・男根はスキルの劣化によってアダマンタイトに変化することはできなかったわけだけ

ど、各種金属――すなわち金や銀には問題なく変化できてしまったのだ。

そうなってくると当然、脳裏によぎる問いはひとつだ。

（……これ、もしかして売れるのかな……？　そうすればアリシアの聖剣調達の資金や、いざというときの逃亡資金に……）

と、そこまで考えたところで僕は「いやいやいやいや！」と首を振った。

自分のアソコを売るなんて馬鹿げてるし、金属は売却先で加工されてしまう可能性が高い。そうなれば僕にどんなフィードバックがくるかわかったもんじゃない。

それにこの形質変化がいつまで効果を持続できるのか、まったく不明なのだ。

売り飛ばすなんてあり得ない選択肢だった。

と、そこで僕はまた検証しなくちゃならないことがあると気づく。

「男根再生でアレが二本に増えちゃったわけだけど……感覚が繋がらなくなった古いほうはいつまでこうして残ってるんだろう……？」

僕はベッドの上の古・男根に目をやる。

どういう原理かわからないけど、戦闘態勢に移行できるということはこの古い男根にも血が通っているということだ。つまり代謝が行われている。

そうなるとすぐに腐ったりはしないだろうし、いつ消えてなくなるのか、そもそも僕が生きている間に消えるものなのかまったくわからなかった。

ひとまず「消えろ」と念じてみても効果はない。古・男根はその場で相変わらず元気に脈打っていた。

「いつまでも消えないとなると、増やした男根をどうするんだって話になってくるし……色々と困るよね」

逆に途中で消えるというなら安心して男根を増やせるし、自分のアソコを売り飛ばすなんて頭のおかしい選択肢を僕の中から完全に排除することができる。

そこで僕は、まず時間経過で消えるかどうかを検証すべく、男根再生でまた新たな男根を二本作りだした。これでこの場には僕から直接生えるシン・男根が一本、古・男根が三本存在することになる。

そして僕は三本の古・男根をそれぞれ「金のアソコ」「銀のアソコ」「プレーンなアソコ（形質変化を施さないありのままの男根）」とし、荷物入れに収納。

増えた男根がどのくらい持つのか、変化させた材質によってなにか差異はあるのか、長期にわたって観察してみることにするのだった。

（男根が何本まで増えるのかは、男根が消える条件が確定してから検証していこう。増やすだけ増やして消えない、なんてなったら大惨事だからね……）。

ちなみに。

股間にくっついている男根をあらかじめアダマンタイト製の剣に変化させた状態で分離↓男

根再生を試してみたけど、男根が新しく生えた途端にアダマンタイト剣は自動で普通の男根に戻ってしまい、少なくとも現時点では男根剣を複数生成することはできないようだった。

さて、そんなこんなで僕自身この〈ギフト〉に毒されて少しずつ頭がおかしくなってきてるんじゃないかと危惧しつつ、分離男根耐久日数実験開始から数日が経った頃。

それなりの時間が経過しても一向に消える気配のない三本の男根に驚くやら呆れるやらしつつ、僕は街のギルドにやってきていた。

ここしばらく潰し回っていたダンジョンの攻略報酬をまとめて受け取るためだ。

ギルドの受付に顔を出し、すっかりおなじみになった受付嬢さんに声をかける。

「エリオールさん、それにアリィさん。ようこそお越しくださいました。ダンジョン爆発の現場ではそれこそ一騎当千の活躍だとか」

僕らの冒険者登録名を呼びながら受付嬢さんがにこやかに対応してくれる。

「ダンジョン攻略報酬の受け取りですね？　少々お待ちください。お二人の報酬は額が額なので……」

と、受付嬢のお姉さんが席を外して少ししたときだった。

「あ、二人とも久しぶり。聞いてるよ、ダンジョン爆発対策の前線で大活躍なんですって？」

ギルドの二階部分から僕らに声がかけられた。

ソーニャだ。

ギルマスの一人娘である彼女は他の冒険者たちに快活な挨拶をしつつ、僕たちのもとへ駆け寄ってくる。

ちょっとした事故でアソコを生で触られてしまって以来の邂逅に僕はちょっと恥ずかしくなってしまうのだけど、ソーニャはその辺りの切り替えも上手いらしい。

以前と変わらない様子でにこやかに話を続けてくれる。

「パパ――ギルマスも改めてお礼がしたいって言ってたわ。二人のおかげでダンジョン爆発も早期解決できそうだって。……というわけでちょっと唐突なんだけど、明日、私と一緒にお昼でも食べに行かない？　二人ともまだ街に来て日が浅いし、街の案内がてら、私がいいお店をたくさん紹介してあげる」

「え、いいの？」

「もちろんよ。二人は私の恩人であると同時に、この辺り一帯の恩人なんだから。この街を案内してあげるくらいどうってことない……というか遅すぎたくらいよ」

ソーニャが満面の笑みで頷いてくれる。

それは素直にありがたい申し出だった。

ここ数日でダンジョン爆発がかなり落ち着いてきたこともあり、ちょうど今日の報酬受け取りを境に働きづめだった心身をしばらく休める予定だったから。街の散策は息抜きにちょうどいい。

……もしかするとその辺りの情報を事前にギルマスから聞かされていたから、ソーニャはこのタイミングで声をかけてくれたのかもしれなかった。

「ありがとう、助かるよ。それじゃあ明日のお昼はお願いしちゃおうかな」

「決まりね！　それじゃあ明日のお昼……だとお店が混んじゃうから、朝には二人の泊まってる宿に迎えに行くから」

そうして僕とアリシアはソーニャと街巡りの約束を交わして別れたのだけど……覚えているだろうか。

ソーニャに股間を触られてしまった際に触れた「のちに起こる卑猥な商談」。

この日ソーニャと街巡りの約束を交わしてしまったことで、僕の股間が辿る数奇な運命は半ば決してしまうのだった。

▼第29話　ニクボーイ・ミーツ・ガール

「……エリオ♥　エリオ♥」

ソーニャと約束を交わしたその日の晩、アリシアはいつにも増して激しく僕を求めてきた。

ダンジョン攻略のための簡易禁欲チャレンジ明けということに加え、僕とソーニャが仲良く言葉を交わしていたのが刺激になったのだろう。

翌日が休みということもあり、アリシアの溜まっていた性欲が爆発したのである。

そうしてアリシアとの「仲良し」が少し長引いてしまったことに加え、ダンジョン爆発が一段落したことで僕はすっかり気が抜けてしまっていて――まあなんというか、思いっきり寝過ごしてしまった。

コンコン。

「おーい、エリオールにアリィちゃーん？　もしかしてまだ寝てるのー？」

ソーニャに街を案内してもらう約束の朝、僕はノックの音で目を覚ました。

それからしばらくはベッドの中でまどろんでいたのだけど、再びノックが聞こえた段階で
「はっ⁉」と慌てて跳ね起きる。

「マズイ、寝過ごした⁉」

寝起きの頭で状況を確認する。

どうやらいつまで経っても宿の一階に顔を出さない僕とアリシアを心配したソーニャが、受付に話を通して部屋の前まで来ているらしい。

「ごめんソーニャ！　寝過ごしちゃっていま起きたんだ！　廊下に放り出したままなのも悪いし、部屋の中で待ってて！」

僕は寝室を飛び出し、リビングと廊下を繋ぐ扉の鍵を開けた――ところで自分の状態に気

づく。

昨日激しくアリシアに襲われた形跡だらけの身体。下着一丁の自分の姿に。

「わーっ⁉　わーっ⁉」

寝起きで頭がボケているからとはいえ、いくらなんでも慌てすぎだった。

僕は〈淫魔〉の身体能力で一目散に寝室へ駆け戻る。

「あの、エリオール？　別に遅れて困ることないから、そんなに慌てなくても大丈夫だよ？」

リビングに入ってきたらしいソーニャが苦笑したような様子で声をかけてくる。

僕はそんなソーニャの言葉に赤面しつつ、何度も深呼吸を繰り返し、

「ご、ごめん本当に。準備するから、ちょっと待ってて」

エッチな匂いの充満する寝室の窓を開け、「むにゃむにゃ」と可愛らしい寝息を立てるアリシアを起こしつつ、ボケた頭を覚ますようにシャワーを浴びる。

シャワーが寝室側にあって本当によかった……。

着替えも浴室の近くに用意していたから、ソーニャをまた廊下に追い出して着替えるなんてことをせずに済んだし。

そんなことを考えながら、僕は急いで身支度を進めるのだった。

＊

そうしてエリオが昨晩の形跡を必死に洗い流している一方。

「……あの二人が一緒の部屋に泊まってるのは知ってたけど……リビングと寝室が別になってる大部屋でどっちも寝室にいるって……やっぱりそういうことよね……」

リビングに通され椅子に腰掛けていたソーニャは一人、導き出されるその答えに頬を赤らめていた。

と、そんな風に卑猥な想像が浮かぶと同時に連想してしまうのは、先日の事故で思いっきり触ってしまったエリオのアソコの感触だ。

いや、感触だけではない。

思い起こされる色や形、なにより匂いがソーニャを燃え上がらせる。

強烈に刻み込まれたその卑猥な記憶を思い出すだけで身体が火照り、酷く落ち着かない気持ちになってしまう。

正直エリオの顔を見ただけでちょっと危ないのだが、そこはどうにか取り繕っているソーニャだった。

だがどうにも、扉一枚隔てた寝室であのたくましい男根が暴れ回ったのかと思うといやらしい想像が止まらない。自然と頬が赤くなり、ドキドキと胸が高鳴ってしまう。

「ああもう！　どうしちゃったのよ私！」

そわそわする身体を落ち着かせるように、椅子から立ち上がって落ち着きなく室内を歩き回る。と、そんなことを繰り返していたところ――ゴンッ。

周囲を気にせず歩き回っていたせいで、備え付けの戸棚にぶつかってしまう。

すると中からエリオたちのものだろう荷物が転がり落ちてきて、鈍い音を立てた。

貴金属でも落下したかのようなその重い音にソーニャは肩を跳ね上げる。

「わっ、しまった!?　もしかしてなにか貴重品!?」

大きめの革袋から転がり出たそれを慌てて拾いあげようとしたとき。

「……え？」

ソーニャは自分の目を疑った。

なぜなら革袋から転がり出てきたのが金と銀の塊だったから――そしてなによりその形が彼女の思考を混乱させた。

男の子のアソコ。

それもあの日から目に焼き付いて離れないエリオの立派なアレとそっくりな形で、ソーニャは自分の頭がおかしくなってしまったのではないかと疑う。

「な、なんでエリオールのアソコのかたちをした金塊と銀塊が……？」

これは見なかったことにしたほうがいいのかもしれない。

そう直感したソーニャは二本の貴金属を革袋に詰め直し、もとあった場所へ戻す。

だが……彼女も酷く動揺していたのだろう。

戸棚に革袋の端をひっかけ、中身をまた落としてしまう。

——ボトッ。

しかし再び床に落下したそれは先ほどの金銀とは違い、ほとんど音を発しなかった。

なぜならそれは貴金属などではなかったからだ。

「……は？」

そしてソレを見たソーニャは今度こそ自分の頭がおかしくなったのではと本気で疑う。

「なんで……エリオールのおちんちんがこんなところに単独で……!?」

無垢な少女が思わず胸を高鳴らせるその眼前で——凶悪までに逞しいプレーンなアソコがビクンドクンと脈打っていた。

▼第30話　おちんちんが落ちてたら拾うよね？

ソーニャ・マクシエルは混乱の極地にいた。

街を案内するために恩人の宿を訪ねたら、その部屋で立派な男根を発見したのだ。

しかもそれは先日の事故で目撃し触れてしまったエリオール少年のアレそのもので、ソーニャは視線を釘付けにされてしまう。

「ほ、本物……!?」

そんなバカなことがあるものかと自分でも思うのだが、その男根はどう見ても本物だった。本体と分離して床に転がっているという極めて不自然な点を除けば、あの日はっきりと目に焼き付けたエリオールのアレそのものだ。

大人用マジックアイテムの類いかと疑うが、商人ギルドにも顔の広いソーニャでもこんなリアルなオモチャは見たことがなかった。

「……っ」

ごくり。生唾を飲み込み、ソーニャは恐る恐るその男根に手を伸ばす。

抑えきれない情動に身体を支配されてしまったかのように、そっと拾い上げた。

瞬間、手の平に広がるのはあの日感じたのとまったく同じ感触、体温、脈動。

そして手の平におさまった男根をまじまじと観察すれば、漂ってくるのは頭がクラクラしてしまうような男の子の香りだ。

「な、なにこれ……本当に、本当に本物なの……!?」

ソーニャは混乱を加速させながら、男根をつんつんぷにぷにといじくりまわす。

するとソーニャの柔らかい手の平の中で、男根が確かに硬さと大きさを増し始めていた。

「……!」

なにがなんだかわからない。

けれどいま自分の手の中にあるのは、エリオールを自宅に招いたあの日からずっと気になっていた彼のアソコでほぼ間違いない。

本能的にそう理解した途端、ソーニャの下腹部にじわりと熱が生まれる。

そしてその男根が放つ香りに理性を溶かされるように、彼女が息を荒らげて顔を近づけようとしたときだった。

「ごめんソーニャ！　遅くなっちゃったけど、あとはアリシアの髪が乾けば準備が終わるから！」

「っ!?!?!?!?」

ガチャ、と寝室へ続く扉を開けてリビングへ入ってきたエリオールに、ソーニャは肩を跳ね上げる。

「あ、ああエリオール!?　べ、別に全然大丈夫よ!?」

言ってエリオールのほうを振り返りつつ――ソーニャは握っていた男根を咄嗟に自分の背へ隠してしまった。

(男の子の部屋に転がってたおちんちんをいじくりまわしてたなんてバレたら……変態だと思われる！)

自分でもなにを言っているのかよくわからないが、とにかくやましいことをしていたという自覚があったのだろう。

金の男根と銀の男根があった棚をさりげなく閉めつつ、ソーニャは後ろ手に隠したプレーン男根がエリオールにバレないよう必死に立ち回る。

が、そのときだった。

「っ!? (私の手の) 中で大きく……!?」

あまりに必死で隠そうとしすぎて、男根を握る手に力がこもってしまったせいだろう。

刺激を受けた男根が先ほどとは比べものにならない勢いで硬く大きくなっていく。

その膨張率はソーニャの想像を遥かに超え、彼女の華奢な背中からいまにもはみ出してしまいそうだった。

「出てきちゃダメ!」

ソーニャは小声で男根へ呼びかけるが、女の子の柔らかい手でにぎにぎされて大きくならない男根など存在しない。男根はソーニャの手の中でますます大きくなっていった。

と、その膨張率にソーニャが心臓をバクバクさせながら赤面していたところ、

「寝坊なんてして本当にごめんね? いまお茶を入れるから、もう少し待っててもらえると助かるよ……ってソーニャどうしたの? 顔が赤いし……背中になにか隠してない?」

「っ!? そ、そんなことないわ!」

エリオールの言葉をソーニャは必死に否定する。

だがその様子があまりにおかしかったからだろう。

エリオールは「本当に？　体調が悪かったりしない？」と首を傾げつつソーニャに近づいてきた。

絶体絶命かと思われたそのときだ。

「わっ⁉」

「……！」

お茶っ葉の用意をしていた机にエリオールがぶつかり、一瞬だけソーニャから意識がそれた。

瞬間、ソーニャは咄嗟に男根を自らの服の下へと隠す。

正確には、年の割に大きく成長した自らの乳房に挟み込んだ。

下着によって圧迫される乳房は太くなった男根をしっかりと挟み込み、手で押さえることなくホールドされる。

大きな胸は服を内側から押し上げるため、ソーニャのお腹と服の間には常にちょっとした空間ができている。服の下に巨根をしまっても、外からはまったくわからないのだった。

「も、もう、エリオールは強いのに、ぼーっとしてるんだから。私のほうは全然体調悪くなんてないから、エリオールはもっと自分のことを心配したほうがいいよ」

「あはは、ごめん」

エリオにわざと背を見せつつ、ソーニャは両手で床に散らばったお茶っ葉を拾う。

そうしてソーニャは男根をいじっていた事実を完全に隠蔽することに成功するのだった。

――その後、胸に男根を挟んだまま何食わぬ顔でエリオールとアリィに街のお店を紹介して回り、ソーニャは男根を棚に戻す機会を窺(うかが)っていたのだが……そんな機会はついぞ訪れなかった。

そして、

「ど、どうしよう……」

その日の晩。

ソーニャは自宅の自室で服を脱ぎ、呆然(ぼうぜん)と声を漏らす。

「エリオールのおちんちん、ここまで連れて帰ってきちゃった……」

ベッドの上にだらんと横たわる男根を前に、ソーニャは途方に暮れる。

これじゃあまるで窃盗(せっとう)犯、あるいはタチの悪い誘拐(ゆうかい)犯だ。

早く返さないと……と罪悪感で胸が一杯になる。

しかし同時に、目の前に横たわる男根から放たれる男の子の匂(にお)いで部屋が一杯になってしまっていて――

「ちょ、ちょっとだけなら……」

ソーニャの顔がエリオールのエリオールに近づいていく。

それからほどなくして……彼女の理性は完全に崩壊した。

＊

「あれ？」

ソーニャに街の美味しいお店をたくさん紹介してもらったその日。

アリシアとたっぷり「仲良く」したあと、棚にしまっておいた「金のアソコ」「銀のアソコ」「プレーンなアソコ」の様子を確認した僕は声を漏らしていた。

なぜなら革袋の中に隠しておいた男根が一本なくなっていたからだ。

消えていたのはプレーン男根。形質変化を施さず、生まれたままの姿で放置していた一本だ。

「やっぱり時間経過で消えるんだ。よかった、これなら再生で増やしても処理に困ることはなさそうだ。金と銀が消えてないのはやっぱり形質変化で時間差があるってことなのかな……？」

などと考察を深めつつ、僕は増えた男根が消えた事実にほっと胸を撫で下ろし、日課のステータスチェックを終えてから床につくのだった。

エリオ・スカーレット　ヒューマン　〈淫魔〉レベル92
所持スキル
絶倫Ｌｖ８　　男根分離Ｌｖ４
男根形状変化Ｌｖ８　　男根形質変化Ｌｖ７

男根再生Ｌｖ４　　　適正男根自動変化（Ｌｖなし）
主従契約（Ｌｖなし）　異性特効（Ｌｖなし）

＊

しかし、その翌朝。

「…………っ!?」

目が覚めた瞬間、僕は跳ね起きるように身を起こしていた。

心臓がバクバクと脈打ち、顔は鏡を見るまでもなく真っ赤だ。

なぜこんなことになっているのかといえば……現実としか思えないほどリアルな淫夢を見てしまったからだった。

「な、なんだったんだいまの夢……まるで現実みたいな……しかも内容は、ソーニャが消えたはずの男根を使って気絶するまで自分を慰めるなんて荒唐無稽なものだったし……」

いままで見たこともないほどリアルでエッチな夢に、僕は朝っぱらから動揺しまくってしまう。

適正男根自動変化のおかげで、経験のないソーニャでも僕の男根で即気持ちよくなれてしまった、とかいう妙な説得力もあったし……。

ヤァア
アア

「確かに昨日はソーニャの様子が少しおかしかったし、増殖してた男根も消えてたけど……いくらなんでもソーニャがあんなことするわけないじゃないか」

散々アリシアと「仲良く」してるくせに、他の女の子のそういう夢を見るなんて……。〈ギフト〉とは関係なく最低だぞ僕……と自己嫌悪に陥りながらベッドから出る。

けどそのとき、なにか直感に引っかかるものがあり、僕はステータスプレートを表示していた。さっきの夢が気のせいで済ませるにはちょっとリアルすぎて、またなにか変なスキルでも芽生えたんじゃないかと思ったからだ。

が、僕の予想は大きく外れた。

「……え!?」

僕はステータスプレートの表示を見てぎょっとする。

「な、なんで……レベルが上がってるの……?」

アリシアとの「仲良し」で上がってた分は昨夜チェックしてから眠ったはずなのに……どうして。

新スキル発現よりもずっとヤバいその現実に、僕はしばらくなにも考えることができなかった。

エリオ・スカーレット　ヒューマン　〈淫魔（いんま）〉レベル100

所持スキル
絶倫Lv8　男根分離Lv4
男根形状変化Lv8　男根形質変化Lv8
男根再生Lv4　適正男根自動変化（Lvなし）
主従契約（Lvなし）　異性特効（Lvなし）

▼第31話　夢だけどー！　夢じゃなかったー！

分裂した僕の男根でソーニャが自分を慰(なぐさ)める夢を見た。

そしたらレベルが上がっていた。

自分でもなにを言っているのかわからないけど、表示されたステータスプレートはそれが間違いなく現実だと伝えてくる。

いやでもまさか、本当に……？　と、僕が立ち尽くしていたときだ。

「……エリオ、どうしてレベルが上がってるの？」

「ふぁ!?」

よほど心ここにあらずだったのだろう。

いつの間にか起きて後ろに立っていたアリシアに、僕は悲鳴をあげて後ずさった。

「……もしかして、昨日私を気絶させたあと……他の子と……？」

アリシアは別に怒っているわけでも悲しんでいるわけでもない。

ただ「他の子と仲良くしたなら、私とももっとしてくれるよね……？」と期待に鼻息を荒くしていて、いまにも僕を押し倒そうとしていた。

「ち、ちがっ、そういうわけじゃなくて……!?」

大混乱のまま言い訳のような言葉を口にする。

けど〈淫魔〉である僕が一晩でこんなにレベルアップする方法なんてひとつしか考えられなくて……もしそうなら、これは僕の下半身の責任問題である。

アリシアを落ち着かせたあと、僕は急いで「心当たり」のある場所へ急行した。


「申し訳ありません、お嬢様は珍しく寝過ごされてしまっていて……もしよろしければ応接間のほうでお待ちください」

ソーニャの自宅を訪ねると、玄関先でメイドさんが丁寧に応対してくれた。

応接間に案内してくれるメイドさんに従い、僕とアリシアはお屋敷の広いホールを歩く。

と、そのときだった。

「エ、エリオール!?」

ちょうどいま起きて朝の支度をするところだったのだろう。

吹き抜けになっているホールの二階部分に、寝間着姿のソーニャが立っていた。

けど明らかに様子がおかしい。

「な、なんでこんな朝から……も、もしかして私のヤったことがバレて……!? あ、謝らなきゃって思ってたけど、こんな急になんて、無理……！」

僕と目が合った瞬間、顔を真っ赤にしてぎょっとのけぞる。

さらにソーニャは顔を両手で覆って（おお）いきなり逃げだそうとして——足をもつれさせた。

「え——っ!?」

どれだけ慌てていたのか、盛大にバランスを崩したソーニャの身体（からだ）はそのまま高い手すりを乗り越え、頭から真っ逆さまだ。

「っ!? 危ない！」

ソーニャ本人やメイドさんが悲鳴をあげるより先に、僕の身体は勝手に動いていた。

どう考えても昨日よりパワーアップした身体能力でどうにかソーニャをキャッチする。

「ソーニャ、大丈夫!?」

「はわっ、あわわわわわっ!? エリオに抱きしめられたら、昨日の記憶が……！」

呼びかけてみるが、どうやら大丈夫じゃなさそうだった。

耳の先まで真っ赤になったソーニャは完全にテンパっていて、発言も要領を得ない。いましがた命の危機に瀕（ひん）したということを差し引いても、明らかに普通の状態じゃなかった。

（……僕と目が合っただけで二階から落っこちたり、抱きとめられただけで異常にテンパったり……そのうえ気のせいでもステータスプレートの誤作動でもなく、明らかに強くなってる僕のこの身体能力……）

最早、答えは明らかで。

僕は単刀直入に切り出すことにした。

「……ねえソーニャ。昨日、僕たちの泊まってる宿でなにか拾って……変なことしなかった？」

「……っ!?　ご、ごめんなさいぃ」

慌ててこちらに駆け寄ってきたメイドさんに聞かれないよう、ソーニャの耳元で囁くように尋ねる。

するとソーニャはなぜか太ももをすりあわせて身体を小さく痙攣させながら、観念したように頷くのだった。

それからしばらくして。

「改めて、本当にごめんなさい！」

応接間にて。

まともに話せるまでに落ち着いたソーニャが全力で僕たちに頭を下げていた。

「勝手に宿にあったモノを持ち帰ったあげく、その、思い切り使っちゃって……はしたない女で本当にごめんなさい……」

「そ、そこまで謝らなくて大丈夫だよ！　話を聞く限り、そもそも僕らが寝過ごしたのが原因みたいなとこあるし！」

顔を真っ赤にしてぷるぷると震えながら頭を下げるソーニャに、僕もあたふたしながら頭を下げた。

「それにその、さっきも説明したけどアレは僕のへんてこスキルで増えたものだからほぼ本物みたいなもので……嫁入り前のソーニャが自覚なしに経験済みになっちゃってるかもしれなくて……こっちこそごめん！」

ソーニャが落ち着いたタイミングを見計らい、僕はけじめとして自分のスキルについて説明していた。

〈ギフト〉についてまではさすがに明かせないけど、謝罪のためにはこのくらい話しておかないと、と思ったのだ。

が、それでもソーニャは自分のほうが悪いと譲らず、

「いやいや！　エリオが謝る必要なんてないよ！　なんていうかその、私が勝手にエリオのアレを誘拐して手籠めにしたようなものっていうか、本当にありがとうっていうか……！」

「いやいや！　それでもやっぱり僕の管理が甘かったっていうか、見境なく戦闘態勢になる下半身が本当に申し訳なくて……！」

なんだかもうお互いにテンパって謝罪の連鎖が止まらなくなる。

けどそのループは「……キリがないから、お互い様ってことで水に流したほうがいい」というアリシアの冷静な仲裁でようやく落ち着いた。

「……う、うん、まあ、あんまり互いに掘り返しても気まずいし」

「不幸な事故ってことで、なかったことにしたほうが、いいのかな……？」

ということで一応の決着を見るのだった。

そうして僕は席を立ちながら、「あ、忘れるところだった」とソーニャに向き直る。

「それじゃあ僕のアレを返してもらって、お暇しようかな」

「え？」

「え？」

僕の言葉に、ソーニャがおかしな反応を返してきた。

え？　なんでそこでソーニャが戸惑うの？

あんなモノ、嫁入り前のソーニャが持ってても百害あって一利なしだと思うんだけど……。

「……あ、い、いや、そうよね！　そもそもエリオールたちのモノだし、私が勝手に持って帰ったのが悪いんだから、返すのが当たり前よね！　な、なに考えてるんだろう私！」

言ってソーニャは応接間を飛び出し、布に包まれた僕のムスコを抱いてやってくる。

そうして僕に手渡してくれたのだけど……。

ぐぐぐ。

ソーニャはなぜか分離した僕のアソコを掴んだまま離そうとしない。

「……ソ、ソーニャ？　離してくれないと受け取れないんだけど……？」

「はっ！　あ、いやごめんなさい！　なんか今日はおかしいなぁ私！」

そう言って慌てたように僕のアソコから手を離すソーニャに見送られ、僕とアリシアは彼女の豪邸を後にするのだった。

……なんだかソーニャの様子が最後までおかしかったけど、本当に大丈夫なのかな。

少し心配だ。

けれど僕のそんな思考はジェラシーで性欲の増したアリシアに襲われ、それ以上深く考えることができないのだった。

＊

エリオたちが男根を回収した翌日。

「……う～」

ソーニャは呻きながら、辺境城塞都市グレトナの街をさまよっていた。

その頭を満たしているのは一昨日の晩、これでもかと快楽を叩き込んでくれたエリオールのエリオールについてである。

「ダメだ……気晴らしに街を歩いてみたけど……あの気持ちよさが忘れられない……」

ソーニャは昨日エリオールたちにアレを返してから、ずっと悶々としていた。

昨日から指で自分で慰めてみたり、商業ギルドの知り合いからこっそり入手した愛用のおもちゃを試してみたが、全然ダメ。

むしろ欲求不満は高まるばかりで、身体も心もまったく満足してくれないのだった。

「うぅ……初めてであんなの知っちゃったら、多分もう他のモノでなんて満足できない……」

もちろん、我慢できないほどの欲求不満ではない。

だが今後二度とあの気持ちよさを味わえないと思うと、なんだか余計に欲しくなってしまうのだった。

「こうなったらエリオールに頼んで……いやでもそんなはしたないこと……うぅ、どうにかこっそり合法的に、またエリオールのエリオールが手に入らないかな……」

と、ソーニャが疼く身体を持て余しながら街をさまよい歩いていたときだ。

「お？　マクシエルんとこのお転婆じゃねーか。なに景気の悪いツラしてんだ？」

細い路地に入ったところで知り合いと出くわした。

この地域一番……いや、下手をすれば国内トップクラスの腕を持つ鍛冶師ウェイプスだ。

彼女はいつもの豪快な調子でソーニャに雑談を持ちかけてくる。

そうしていくつか言葉を交わしていたところ、ウェイプスが「あ、そういやぁ」と思い出したように顎を撫でた。

「お前、あの商業ギルド重役の母親になにか儲け話でもないかって聞いといてくれよ」

「え？　なんですか急に。ウェイプスさんがお金の話なんて珍しいですね？」

「いやあたしじゃなくてな？　あの二人、エリオールとアリィだよ。あいつらそのうち、武器の新調で大金が必要になりそうなんだ。だからまあ、お前のツテでなんか割のいい仕事を紹介してやれねーかと思ってな」

「なるほど……そういうことなら是が非でも協力したいところですけど、ウェイプスさんがそんなこと言うだけの儲け話なんて早々――」

と、そのときだった。

商業ギルドのナンバー2を母に持つソーニャのピンク色の脳細胞が、天啓を受けて急激に回転し始めたのは。

（そうだ、このやり方ならエリオールのアソコを合法的に……ただこれはかなりの博打、すべてはエリオールの気持ち次第……！　けどその中で本来なら一番の障害になるだろうアリィは昨日の反応を見る限り、むしろ私のこの考えに協力してくれそうな雰囲気があった……！）

長年たくさんの冒険者や商人と関わってきた経験からソーニャはそう確信する。

次の瞬間、ソーニャは走り出していた。

「あ!?　おいソーニャ!?　どうしたんだよ急に！」

「ありがとうウェイプスさん！　このお礼はまた今度するから！」

「ああ!?」

戸惑うウェイプスを背に、ソーニャは身体（からだ）の熱に従うまま、知り合いにアポをとるため商業ギルドに駆け込んでいた。

＊

「え？　どうしたのソーニャ、こんな時間に」

ソーニャからアレを回収した翌日の夕方。

肩で息をして宿を訪ねてきたソーニャに僕は目を丸くした。

一体何事かと思っていると、

「ねえエリオール、アリィ。あなたたち、武器調達のための資金が必要なんでしょう？」

ソーニャは少し気まずそうにもじもじしながら、謎の熱を帯びた瞳で告げる。

「その……もちろんエリオールたちがあの分離スキルについて他の人に話してもよければばっていうのが大前提なんだけど……いい儲け話があるの。一口乗ってみない？」

▼第32話　怪しいお姉さんとエッチな商談

「ここが商業ギルド……」

ソーニャが宿を訪ねてきた翌日。

僕とアリシアはソーニャに連れられ、この城塞都市の中でも指折りの大きな建物の前にやってきていた。

商業ギルド。この辺り一帯の商売を取り仕切る巨大組織の本拠地は、身なりの良い人たちで賑わっている。そんな中、僕たちはソーニャに連れられて裏口のような場所からこそこそと建物の中に入っていった。

その途中、ソーニャがこちらを振り返る。

「私のほうから提案しておいてなんだけど……エリオールたちは訳アリなんだから、もしスキルの情報漏洩とかが心配だったら言ってね？　絶対に無理強いはしないから」

「あー、うん、まあ、確かにスキルのことを人に話すのは抵抗があるけど、ソーニャの紹介だし、なによりちゃんとした商業ギルドならよそに情報は漏れないだろうって信用できるから」

何度目になるともしれないソーニャの確認に、僕は苦笑しながら答えた。

商業というのは信用の世界。

特に商談に関することを他言するのはほとんど自殺行為と言ってよく、その辺りに関しては商人ほど信用できる人種はいないのだった。

商業ギルドなら契約の規模に応じて契約履行のマジックアイテムも使えるし、情報拡散については心配ない。

むしろ気になるのは、商談に僕の猥褻スキルの開示が必要らしいって部分だ。

僕の持つ変態スキルが、魔法武器を作れるだけの資金調達に一体どう繋がるというのか。

そこはかとなく嫌な予感に苛まれる。

しかしやたらと力強いソーニャの熱弁となぜか乗り気なアリシアに背中を押され、僕はギルドの一室に足を踏み入れてしまうのだった。

「お、やっと来たねぇ」

と、ふかふかのソファーに座って僕たちを待ち受けていたのは、なんだか怪しい雰囲気を纏うヒューマンの女性だった。年齢は二十代後半ほど。スタイルのいい美人さんながら、露出度の高い服に入れ墨、気怠げな瞳と口にくわえた喫煙パイプがやさぐれた空気を醸し出している。

「こちら商業ギルド営業一位のルージュ・クロウさん。お母さんの後輩で、昔からよくしてもらってるの」

ソーニャに紹介され、僕とアリシアも冒険者名で自己紹介する。

それを聞いたルージュさんは艶めかしく足を組みながら「よろしくねぇ」と煙を吐き、

「そんじゃぁ挨拶も終わったところで、早速商談と行こうかぃ。……で？　身体を持て余したご婦人たちが飛びつきそうな新商品候補ってのはどこにあるんだぃ？」

「……え？」

早速本題を切り出したルージュさんに、僕は言葉を失った。

欲求不満のご婦人が飛びつきそうな新商品……？

え、ちょ、まさかこの商談って……え!?

戸惑っていると、ソーニャが横から僕の肩をがしっと掴む。

「エリオール、大丈夫。スキルの詳細まで話す必要はないし、当たり前だけど商談っていうのは気にくわないと思ったら断ったっていいんだから。ひとまず話を聞くだけでも、ね？　とりあえずあの凄いの、出してみよ？」

「……もし恥ずかしいなら……分離するところは、私が隠してあげるから」

「え!?　え!?」

もしかしてアリシアは事前にソーニャから話を聞いていたのだろうか。

ソーニャだけでなく、なぜかアリシアまで僕の耳元でそう囁いてくる。

な、なんだこれ!?　と思いつつ、僕は薄暗い部屋の雰囲気にもあてられ、いつの間にか男根分離を発動していた。

机の上に、僕の猥褻物が陳列される。

「は……？　な……!?　これは……!?」

途端、それまで気怠げにしていたルージュさんがカッと目を見開いた。

その視線の先で分離したアソコは元気におっき。

ルージュさんの身体にでも反応したのか、エゲつない形に自動変形していた。

それを見た僕が羞恥で顔を真っ赤にして身体を縮こまらせる一方、ルージュさんの瞳がさらに輝く。

「これは……さわり心地も硬さもまるで本物……!? 体温まで！ しかもいま自動的に変化したこの形、あたしの理想通りの……まさかあたしに合わせて形を変えたのかぃ……!? なんて常識外れな……なぁおぃ、ちょっとこれ、〈鑑定〉してみていいかい!? 心配しなくても変に踏み込んだ情報は視えねぇからさぁ……！」

と、興奮した様子のルージュさんに圧倒された僕は少し考えたあと、「は、はぁ、そのくらいなら」と頷いていた。ルージュさんの言う通り、熟練した〈商人〉の鑑定スキルでも僕の身分や〈ギフト〉に繋がる決定的な情報は視えないはずだからだ。

僕の許可を得たルージュさんが、「ありがとよぉ」と目に力を込める。

「……!? モンスターが希に使うような自切系スキルで生み出されたもので、本体とは完全に感覚が遮断……種を撒くことができない以外はほぼ本物……!? なんて都合のいい……しかも本体と切り離してから十日ほどで消滅……となると使い捨て前提でリピーターが何度も……同時に複製できる数はまだ多くないようだが、それはむしろ希少価値が……」

どうやらルージュさんはかなり高ランクの〈商人〉らしく、僕もまだ検証しきれていないような男根情報をブツブツと口にする。

その様子に僕が唖然としていたところ、

「よし買った！　あたしが持つ大人のオモチャ販売の裏ルートで責任持って売り捌く！　最低でも一本金貨一枚、卸してくれたら卸してくれた分だけ半永久的に買い取ってやるよぉ！」

元手ゼロな上に十日で消滅するらしい男根一本に金貨一枚⁉

しかもなんの保証もなくいきなり半永久契約⁉

い、いや、今はそんなことより！

「売り捌くって、どこにどんな用途で売るつもりですか⁉」

「あぁん？　こんな都合のいい超高性能生ディルド、身体を持て余した金持ちのご婦人に極秘ルートで売り捌くに決まってんだろぉ」

やっぱり！

やっぱりこの商談、ヤバい系の話だった！　どういうことなのソーニャ⁉

「安心しなガキィ。あんたが訳アリってのは聞いてるさぁ。絶対にバレねえって約束するから、人助けだと思ってウチに卸してくれよ、なぁ？」

「人助けって、こんなもの売ってなにが人助けになるんですか⁉」

「けけけ、それがなぁ、この手の欲求不満解消にガチで困ってるヤツってぇのは意外と多いのさぁ。特に金持ちのご夫人たちにねぇ」

と、ルージュさんが僕の抗議にまさかのガチトーンで反論してきた。

どういうことなの!?

「金持ちや貴族ってのは若い女を愛人として何人も囲うことが多いだろぉ？　だがそうして自分は若い女に夢中になるくせに、ほったらかしにした正妻や古い側室の浮気は絶対に許さねぇって身勝手なオヤジが多いわけさぁ。そうしておちおち男娼にも頼れず、早いうちから身体を持て余してストレス溜めるご夫人が実はたーくさんいるんだよぉ」

「……なんて可哀想な話」

ルージュさんの話にアリシアが目元を拭う。なんなの!?

「で、だ。そこでこの超高性能ディルドが怖いくらい需要にマッチすんだなぁ。ご夫人を気持ちよくする性能はもちろん、こいつなら男娼や愛人を囲う諸々のリスクとは無縁。万が一見つかっても超高級マジックディルドって言い訳が立つし、これで心身ともに救われるお得意様にゃあ心当たりがたくさんあんだよぉ」

ルージュさんの目は真剣だった。

商人の話術とかではなく、本気で僕のアソコを売り捌くことで救われる人がいると語っている。

「い、いやでもあの、僕にはアリシ……アリィって心に決めた人がいて……ほら、アリィだってこれが売り捌かれるなんて嫌でしょ!?　いくら僕から完全分離したモノっていっても!」

「……私は、私が君の一番なら構わない。これで救われる人がいるならとてもいいこと。……それに、これは最近気づいたんだけど」

と、アリシアがすっと僕から目を逸らし、

「…………君が他の子に抱かれてると思うと、凄く興奮する自分がいる」

アリシア!?

え!?　なに!?　なんか変な趣味に目覚めてない!?　大丈夫!?

「え、えええと……あ、そうだ!　この分離したモノ、実は凄いデメリットがあって、使ってる様子が僕の夢に出ちゃうんです!　プライバシー的によくないですよね!?」

と、僕は続けてソーニャとの一件を引き合いに出す。けれど、

「はぁん。でもそういうのは普通、スキルの練度次第で解決するもんだしなぁ。まずは試供品として信用できる筋に撒いてみるつもりだったし、その間にどうにかなんだろぉ。それに、こんな高性能ディルドなら、多少のデメリットがあっても買うやつぁいくらでもいるさぁ」

「うん……絶対に買う人いると思う。絶対、なんとしてでも」

「ソーニャ!?」

ソーニャにまで僕の反論を封じられる。

そして僕は薄暗い部屋の中、三人の美女にキスでもされそうな距離にまで迫られ、

ポッ

「なぁ、金儲けってのはつまり人助けなのよ。強いヤツがモンスター狩って、器用なヤツがモノを作って、根性あるやつが作物を育てて、誰かの役に立つことで稼ぐ。おめぇさんの場合はモンスターを狩る以外に、この分離男根で人を助ける才能があったってだけさぁ。難しく考えんな、なぁ？　感覚も完全に分離してるってぇなら不貞にもなんねぇし、毎晩枕を濡らす女を救って金がもらえる、最高じゃねぇかぁ」

「……私はいいと思う。君の力が人の役に立つなら私は嬉しいし……興奮する。幸せ」

「大丈夫、嫌なら断ってもいいんだからね？　でもちゃんとした装備を整えてアリィちゃんや君自身の命を守るには、コレが一番手っ取り早いと思うなぁ」

「あ、ううぅ……!?」

そうして気がついたとき。

僕は「不貞じゃない人助け」やら「私は興奮する。幸せ」といった言葉に押されるように、ルージュさんとの専属契約を結んでしまっていた。

なんにせよ、アリシアとの逃避行を続けるためにできるだけたくさんのお金が必要なのは確かだったから。

いちおう最後の一歩は譲らず「いつでも契約解消可能」という文言は勝ち取ったけれど……ほ、本当に大丈夫なのかな、これ……。

▼第33話　〈淫魔(いんま)〉の第二次性徴

男根を売り捌(さば)く悪魔の契約をしてしまってからしばらく。

試供品として男根を卸す中で、色々なことがわかってきた。

現状、〈男根分離〉と〈男根再生〉によって一度に増やせる男根はおよそ十五本。

そして〈商人〉のルージュさんが鑑定スキルで視た通り、僕から完全分離した男根は金銀プレーン関係なく十日ほどで自然消滅してしまう。

子種をまき散らす機能もなく、純粋に娯楽目的として使用することが可能だった。

そうしてまずは試供品としてバラまかれた僕の男根だったけど、ルージュさんいわく怖いくらいの大盛況。

正式な販売を前に僕に支払われるお金が男根一本につき金貨一枚から金貨一枚と銀貨五枚にアップし、「さすがにこんなに受け取れませんよ!?」と悲鳴をあげるほどだった。

けれどルージュさんは『値段ってのは労力だけじゃなくて性能と希少性にも比例すんだよぉ』『絶対に気持ち良くなれる高級男娼(だんしょう)を妊娠や脅迫、浮気発覚のリスクなしで十日間好きに使えるってんならむしろ安いくらいさぁ』と譲らず、僕の懐(ふところ)は凄(すさ)まじい勢いで潤っていくのだった。

もちろん、問題がなかったわけじゃない。

契約を結ぶときにも懸念していた「淫夢」だ。

幸いにも寝る前に「夢を見ないように」と強く念じることで淫夢を断ち切ることには成功したのだけど……最初のほうは上手くいかず、ルージュさんから試供品を受け取った人たちの夢を見てしまっていた。

しかも最悪なことにそれは顔見知りの夢。

鍛冶師のウェイプスさんと試験官のレイニーさんだった。

『ああクソ……武器作りにだけ集中してーのに、周期的にムラムラしてうっとうしい。ルージュのヤツが持ってきやがった新商品でも試してみっか。…………お、なんだこりゃ、本物は知らねぇがやたらとリアルな……お？　なんっ、これ、ヤバ……おおおおおおおっ!?♥』

『な、なんですかこれ……すぐに形が変わっちゃいましたが、最初の形と硬さはあのとき服の上から触ったエリオールきゅんのモノにそっくりな……ちょっ、匂いまでそっくりなんて、なんですかこの神商品は!?　ルージュは一体どこからこんなモノを仕入れて……!?　拷問してでも販路を……あうううううっ!?♥』

……次から一体どんな顔をしてあの二人に……というかウェイプスさんに会えばいいのか、僕は頭を抱えていた。

まさかあんなダイレクトに知り合いに当たるなんて……。

あとついでに言うと、『やった……！　やった……！　高いからたまにしか買えないけど、これでエリオールのエリオールを合法的に……アリィも嬉しそうだったし、これでみんな幸せ……はあああああああ!?♥』と叫ぶソーニャの夢も見たような気がするんだけど、どうにも記憶が曖昧だった。

とまあ、なんだかヤバい商売に手を出してしまったようで、どんどん貯まっていくお金や高まっていく評判に戦々恐々とする日々を送っていたわけだけど……それに加えてさらに戦慄することがあった。

売り捌いた分離男根が「エッチな経験値」を詰んだことで上がっていく、僕のレベルだ。

エリオ・スカーレット　ヒューマン　〈淫魔〉レベル140

所持スキル

絶倫Lv10　　男根分離Lv6

男根形状変化Lv10　　男根形質変化Lv9

男根再生Lv4　　適正男根自動変化（Lvなし）

主従契約（Lvなし）　　異性特効（Lvなし）

愕然とした。

レベル140なんて、十年以上経験を積んだ中堅聖騎士たちが辿り着くような境地だ。

レベルは100を超えた辺りで極端に伸びづらくなる。

それが十日やそこらで100から140にまで伸びるなんて、もう常識外れどころの騒ぎじゃなかった。

ただ、この異常なレベルアップは途中から急に伸びが鈍化した。

エッチなことをすればレベルが上がる〈淫魔(いんま)〉だけど、どうやらそこには一定の法則があるようなのだ。

かなり憶測が混じるけど、どうも「初めての相手」「レベルが高い相手」「強い〈ギフト〉持ち相手」だと得られる経験値が高いらしい。

特に「初めての相手」だと得られる経験値が段違いで、要はエッチなことをするハードルの高い相手からはより多くの経験値が得られるようだった。

アリシアと初めて結ばれたときの異常なレベルアップはそれが原因だったのだろう。

……僕の〈ギフト〉、仕様がゲスすぎない？

まあそれはさておき。

ルージュさんのお得意様に優先して配られる男根は途中から同じ相手ばかりから経験値を得るようになり、それゆえにレベルアップの速度が鈍化したらしかった。正確に比較できないから断言はできないけど、分離した男根だと経験値が少し低くなるような気配もある。

しかしそれでも継続的に経験値が入ることに変わりはなく、たまに寝ているだけでレベルが上がっていることもあるのだった。その結果がレベル140である。

「これ、どこまでレベルが上がるんだ……!?」

成長できるのは嬉しいけど、それが身に余るモノだと途端に怖くなる。

けど〈淫魔〉としてのレベルが上がっていけばアリシアとの間に結ばれた〈主従契約〉を解除するスキルが出る可能性も上がるし、強くなればなるほどアリシアとの駆け落ちが上手くいく可能性も高くなる。

さらにいえば男根を売り捌くことで得た利益はかなりのものであり、このままいけば聖剣作製資金も割とすぐ貯まりそうな勢いと、いいこと尽くめ。

ここ最近感じていた課題が一気に解消されつつあり、ルージュさんとの商談は不本意ながら僕らに多くの恩恵をもたらしてくれているのだった。

「うーん……けどこれ、本当に不貞にならないのかな……？　感覚が繋がってないとはいえ、もともとは僕に生えてたものだし。そもそもレベルが上がってるってことはそういうことをしたってカウントされてるんじゃあ……」

「……大丈夫、そんなことない。国の法律でも（こんな状況が想定できるわけないから）不貞にはあたらないし……私も凄く興奮するだけで浮気なんて思ってないし……エリオは心身ともに綺麗なまま……だから、正気に戻ってはダメ……」

ソーニャに紹介してもらったお店で昼食をとりながら僕が浮かべた疑問を、アリシアが淡々と否定してくれる。

……けどなんか最後に正気がどうのって言わなかった？　と僕が不審に思っていた、そのときだった。

「おいふざけてんじゃねえぞ！」

お店の一角から、店員さんを殴りつけるような荒々しい怒号が飛んできたのは。

▼第34話　襲撃

「料理にネズミが入ってんぞ！　どうなってんだこの店はよぉ！」

店内に響くドスの利いた声。

その怒声が聞こえたほうへ目を向けてみれば、テーブル席を囲んだ男たちが店員さんを呼びつけて怒鳴り散らしていた。

見るからに荒くれ者といった風貌の男たちは威嚇するように机を叩きながら、震え上がる店員さんになおもまくし立てる。

「こんなもん食って変な病気にでもなったらどうするつもりだ!?　店長呼んでこい！　誠意を見せろ誠意をよぉ！」

どうやら男たちはネズミを食べさせられそうになった慰謝料を要求しているようだった。

けど、ネズミの混入なんてあり得ないことだ。

ソーニャに紹介してもらった素敵なお店への狼藉を見過ごせず、僕は立ち上がる。

「あの、ちょっといいですか？」

「ああ？　なんだガキ」

「ネズミが入ってたっていいますけど、あり得ないですよね？　ここみたいにちゃんとした飲食店は普通、探知に秀でた〈ギフト〉を雇って虫やネズミをこまめに退治してますし。ましてや料理の中にこんなまるごと一匹なんて、いくらなんでも無理があります」

店員さんに代わって反論を試みる。

けど男たちはまともに論戦をするつもりなど最初からないようで、

「はぁ？　てめえ誰に絡んでるかわかってんのか？　俺たちゃ全員レベル70の戦闘系〈ギフト〉持ちだぜ？　〈ギフト〉を授かったばっかではしゃいんでんのか知らねえが、でしゃばってんじゃねえぞ勘違い野郎！」

言いつつ、男が立ち上がってその大きな身体をぶつけてきた。

それは攻撃というより威嚇のための体当たりだ。

が、
避けたら余計に舐められるだけだと判断し、僕はそれをあえて受け止める。

「え？」

「へ？」

僕と男は同時に間抜けな声を漏らしていた。

なぜなら男の体当たりを食らった僕はまったく一切小揺るぎもせず。

逆に男のほうが思い切り跳ね返されて尻餅をついていたからだ。

え？　ど、どうなってるんだ？

多少身構えてはいたけど、僕は基本的にはなにもせず突っ立っていただけなのに。

男のほうもなにが起きたかわからずぽかんとしていたが、やがてその顔に憤怒の表情を浮かべる。

「てめえ、なにかスキルを使いやがったな!?　じゃなきゃレベル70の〈剣士〉であるこの俺がこんな……！　恥かかせやがって、もう手加減してもらえると思うんじゃねえぞ！」

店内に悲鳴があがる。

男が武器を抜き、僕に斬りかかってきたからだ。

「うわっ!?　ちょっ、いきなりそれは――!?」

さすがにヤバい。

けどこんなとこで本気の戦闘をするわけにはいかず、僕はとっさに男の攻撃をいなした。その瞬間、

「は――!?　ぎゃああああああああああああああっ!?」

ドゴシャアアアアアアアアアアアアアッ！

男が仲間たちを巻き込み、表通りのほうへ吹き飛んでいた。

泡を吹いて倒れた男たちはそのままピクリとも動かない。

騒ぎを遠巻きに見ていた人たちは言葉をなくして固まっていた。

そしてそれは僕も同様だった。

「…………………は？」

なにが起きたかわからず僕は呆然（ぼうぜん）と声を漏らす。

けど数秒して、僕は自分の身体（からだ）の変化に気づいて愕然（がくぜん）とした。

そうだ。いまの僕はもう、レベル140なのだ。

「いやでもこれ、どれだけ強くなってるんだ……!?」

レベル70の〈剣士〉といえば、冒険者としてはベテランに近い中堅。

〈ギフト〉ごとの性能格差が大きいので単純比較できないけど、試験官のレイニーさんがレベル80だったと考えればあの男たちも決して弱くはないのだ。

それをちょっといなしただけでまとめて吹き飛ばすとか……。

しかも今回は〈異性特効〉も発動してないはずなのに。

どうやらレベル100を超えての急激なレベルアップに、力の把握と調整が追いついていないらしい。ここ最近は売り捌（さば）かれた男根の不具合に備えてダンジョン攻略も控えていたから、余計に自覚が遅れたのだろう。ダンジョン爆発もほぼ収束してて、急いでダンジョンへ行く必要もなかったし……。

と、そこで僕はハッとする。

男たちを撃退したのはいいものの、思い切りお店を破壊してしまった。

「すみませんお騒がせして！　修理代お支払いします！」

「いえいえ、お店を守っていただいたんですから！」と固辞する店長さんに「そういうわけには！」と金貨を受け取ってもらいつつ、僕は猛省する。

早いとこ自分の全力を把握して、戦闘時の力の調整を練習しておかないと……。

強くなること自体は駆け落ち生活を続けるためにも悪くないんだけど、力加減を間違えたらいまみたいに不要な騒ぎを起こして悪目立ちしてしまうから。

けどレベル140の力をぶつけられるような相手なんてそうそういないよなぁ、と頭を悩ませていた——そのときだった。

あまりにも唐突に。

力をぶつけられる相手がいれば……なんて僕の思考を最悪のかたちで叶(かな)えるかのように、耳をつんざくサイレンの音が街に響き渡ったのは。

『緊急警報！　緊急警報！　冒険者は装備を整え、いますぐ街の北門前へ！』

「……え？」

『街の北からアーマーアントの群れが襲来！　数、四百以上！　軍隊型です！　冒険者は全員いますぐ迎撃態勢を！　街の方々は南門のほうへ避難してください！』

「……っ!?」

音魔法の使い手によるアナウンスに僕は目を見開く。

アーマーアントの軍隊型!?

それに街の北って……

「……私たちがダンジョン爆発の対策にあたってた……アルゴ村のある方角……？」

「一体なにが起きてるんだ……!?」

ダンジョン爆発——モンスター大量発生の原因となりうる災害はほぼ収束して、ギルドが周辺の安全も確認していたはずなのに。

僕とアリシアは顔を見合わせ、大騒ぎのメインストリートを駆けていった。

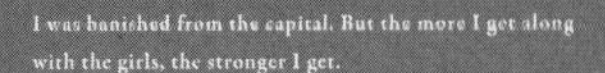

「――というわけで、エリオールのアソコを卸してもらいたいと思ってるんだけど……アリシアはその、恋人のアソコが売られることに抵抗があったりする？」

「……大丈夫。むしろ、大歓迎」

「ホントに!?　いいの!?」

「……エリオ……ール、顔には出さないけど、武器費用のことで悩んでるみたいだった」

「……エリオールの負担にはなりたくないし……金策のアイディアがあるなら大歓迎……」

「それに、なんというか……エリオールのアソコが他の女の人にも好評だと思うと……興奮する……」

「だから賛成……エリオールが恥ずかしがったり、常識を思いだしそうになったときは、私も説得に協力する……」

「やっぱりあなた、話のわかる人だわ！」

「じゃあまた明日！全力で宿に迎えに行くわね！」

「……うん、待ってる」

第五章

▼番外

その〝悪意〟は、エリオたちが〈ギフト〉を授かる前から既に始まっていた。
無数のアリが蠢く地下に、半透明の人影が浮かぶ。
まるでゴーストのようなソレは、巣の中で驚いたように身をよじる一際巨大な影にふわりと近づいた。そして、ようやく見つけた見込みのあるその個体を見下ろし口角をつり上げる。
――あなた素質があるわね。けどそのままだとこちらの領域に至るには何十年もかかるわ
――力と知識、それから特殊な知恵を授けてあげる
――いい子ね。この調子ならいちいち力を消費して巣穴に通わなくても勝手に育っていくわ
――私のことなんてすぐに忘れるでしょうけど、元気に育って、せいぜいこの国を疲弊させてやるのよ？
膨大な力によって姿を変える巣穴の主にそう呼びかけて。
半透明の影は悪意に満ちた笑みを残し、ふっと巣穴から消え去った。

▼第35話 〈淫魔〉出撃

街の北門へ向かうと、そこには既にたくさんの冒険者や街の騎士団が集まっていた。

僕とアリシアは街のちょうど街の反対側にいたから、到着が遅れたのだろう。

僕はその人混みの中に見知った顔を見つける。

周囲に荒々しく指示を飛ばすギルドマスター。

ソーニャの父親でもあるゴードさんだ。

と、周囲への指示に一区切りついたらしいゴードさんが僕らに気づく。

「エリオール君！　よかった、君たちも街に残っていてくれていたか！　心強い！」

「諸事情あって最近は街に待機してまして……それより、アーマーアントの軍隊型って、本当ですか!?」

「ああ、見ての通りだ」

言って、ゴードさんが街の北を指し示す。

人混みを抜けてそちらに目を向ければ、およそ信じがたい光景が広がっていた。

草原を埋め尽くすアーマーアントの群れだ。

しかもその群れは、ただアーマーアントが集まっただけの烏合の衆ではなかった。

一般的なアーマーアント（レベル40相当）

周囲の雑兵を束ねるアーマーアント・プラトーン（レベル80相当）
防御に特化したアーマーアント・フォートレス（レベル90相当）
蟻酸による強力な遠距離攻撃能力を有するアーマーアント・カノン（レベル90相当）
土魔法を操るアーマーアント・メイジ（レベル85相当）
そして、すべてのアリを指揮するアーマーアント・ジェネラル（レベル120相当）
この城塞都市は小高い丘の上にあり、街の一キロほど先に展開したアーマーアントの陣容がよく見て取れる。
それぞれの役割に特化したアリたちはまるで本物の軍隊のように整列し、草原に陣取っていた。
普通のモンスターのように、闇雲にこちらへ突っ込んでくる様子など微塵もない。
隊列を崩さずじっとこちらの様子を窺うような気配からは、確かな知性と統制が感じられた。
「本当に軍隊型なのか……！　でもどうしてこんな急に……!?」
軍隊型が発生するのは、アーマーアントの巣穴がかなり拡大した場合に限られる。人里に攻めてくるような場所でアーマーアントが増殖すれば必ず兆候が察知できるはずで、こんな不意打ちで攻め込まれることなどあり得なかった。
街が軍隊型に襲われるなんて、下手したら突発型ダンジョンより珍しい。
「原因はまったくもってわからん。いま確かなのは、やつらをどうにかしなければ街が食い尽くされるということだけだ」

ゴードさんが険しい表情で言う。

その顔からは戦況の厳しさがありありと感じられた。

いま北門に集まっているこちらの戦力は騎士団二百、冒険者二百ほど。

僕とアリシアのように遅れてやってくる人たちも含めれば、敵の数をしのぐだろう。

アーマーアント襲来を受けて集結した人たちなのだから、レベルも全員が40を超えていると思っていい。

それだけ見れば戦況は互角以上に思える。

だが敵の一番厄介(やっかい)なところは、その統率力だ。

アーマーアントは〈念話〉と呼ばれるスキルで互いに交信できるという。

特に陣容の中央後方に陣取る総大将アーマーアント・ジェネラルは知能も高く、高度な連携を仕掛けてくると本で読んだことがある。

対してこちらは急遽(きゅうきょ)集められた冒険者が半分。

もちろん複数パーティでの即席連携などはお手の物だろうが、「戦争」における用兵に慣れているかといえば厳しいものがあった。

と、不意に。僕の隣から理知的で冷静な声が響く。

「モンスターの発生傾向異変の調査で、街のエース冒険者たちが出払っているのは痛いですね。私とギルマス、それからエリオール君がいるとはいえ、かなり厳しい。軍隊型については情報も不足していますし、相応の犠牲は覚悟しなければならないでしょう」

レベル80の〈剛力戦士〉、レイニー・エメラルドさんだ。

その表情はいくつも修羅場を越えてきた熟練冒険者そのもの。

携えた二本の巨大鉄棍も相まってかなり頼もしい。

……けど、あの、なんで僕のお尻を触ってるんですか？　あの、レイニーさん？

レイニーさん!?　アリシアが興奮したような眼でこっちを見てるからやめてください！

「なにをやっとるんだレイニーー！」

ゴンッ！　ゴードさんの拳骨がレイニーさんの頭に炸裂。「街の命運を分ける決戦前に同士討ちとは何事ですか!?」とレイニーさんの悲鳴があがる。

ゴードさんはそれを無視しつつ、

「戦況は厳しい。だが幸いにもアリどもはこちらの出方を窺っているようだ。この隙にこちらもできるだけ意思統一を行い、下手な連携は捨てたシンプルな一点突破策でいけば勝機は十分に――」

ある。ゴードさんがそう断言しようとしたとき。

「……!?　……エリオ……下になにか……いる……！」

周辺探知スキルを使用していたのだろう。

いつになく逼迫した様子でアリシアが口を開いた、その瞬間だった。

ボゴッ！　ボゴボゴボゴッ！

そこかしこの地面がいきなり陥没し――そこからアーマーアントたちが顔を出したのは。

「「「ギイイイイイイイッ！」」」

「な、なんだあ!?」

後方で開戦の準備を行っていた冒険者や騎士たちが完全なる奇襲を受けて悲鳴をあげる。

「なっ!?　こいつら……!?」

「まさか、アーマーアント・メイジの掘削魔法で地面の下を回り込んで……!?」

叫ぶと同時、ゴードさんとレイニーさんは既に動き出していた。

味方の混乱をできるだけ早く鎮めるため、速攻で近場のアリを叩き潰す。

だが広い範囲に同時出現したアリたちを即座に全滅とはいかない。

そしてその数瞬のうちに、敵は畳みかけるように動き出していた。

「「「「ギチギチギチギチギチギチギチギチ！」」」」

地響きが轟く。

こちらの混乱を加速させるように、草原に布陣していたアーマーアントの軍隊が一斉に進軍を開始したのだ。防御に秀でたフォートレスを前面に並べた堅牢な突撃だ。

「いかん！　魔法部隊！　少しでいい！　やつらの進軍を足止めしろ！」

ゴードさんの悲鳴じみた指示が空気を震わせる。

そして一斉に放たれるのは炎を中心とした強力な魔法砲撃。

けれど――ドビュウウウウウウウウウウッ！

魔法は空中でかき消された。

凄まじい出力で放たれる蟻酸が、魔法のことごとくを撃ち落としたのだ。

いくつかの魔法は無事に着弾するが、そんなものは焼け石に水。

アリの進撃は止まらない。

「まずい！」

戦争の経験なんてない僕でもわかる。

こちらはただでさえ連携に不安があるのに、この混乱の中で突っ込んでこられたら勝負にならない。下手したら全滅する。

瞬間、僕の身体は勝手に動いていた。

「僕が敵の連携を乱してみます！　ゴードさんたちはその間に少しでも態勢を立て直してください！」

「なっ⁉　ダメですエリオール君！　一人で突っ込んでも――って、へ？」

引き留めるレイニーさんの声が一瞬で遠ざかる。

なぜなら僕の身体は、既に凄まじい速度で草原を駆けていたからだ。

「……!?　さっきまでアリシアに合わせてたからわからなかったけど、これがいまの僕の最高速度……!?　この身体能力なら……！」


あっという間に肉薄したアリたちの眼前で、僕はアソコを抜き放つ。

けれどその形状は刃ではない。

Ｌｖアップした〈男根形質変化〉の力で器用に表面だけを最高硬度のアダマンタイトに変質させた、鈍重な鋼鉄の塊。

それはレイニーさんの鉄棍を参考にした、金属製の巨大棍棒だ。


男棍棒。

新たな武器を大きく振りかぶる。そして、

「吹き飛べえええええええええ!!」

群れの先頭にいたアーマーアント・フォートレスを数体まとめて殴り飛ばす。

バッギャアアアアアアン！

「「「「ギイイイイイイイッ!?」」」」

群れの中で最も硬く大きい、鉄の塊のようなアリたち。

その身体がまるで砲弾のような勢いで吹き飛んで後方のアリたちをなぎ倒し――敵の陣形

を内部からぐちゃぐちゃに崩壊させていった。

▼第36話　〈淫魔〉戦場に舞う

男棍棒。

敵を切るのではなく、殴り飛ばすことに特化した打撃武器。

僕の男根が辿り着いた新たな境地に、アーマーアント・フォートレスがまとめて吹き飛ばされる。

それによって後方のアリたちがことごとく粉々になり、整然とした隊列がぐちゃぐちゃに乱れていった。

「……っ！　これがレベル140の〈淫魔〉の力……!?」

予想以上の破壊力に自分自身で驚く。

だが敵は感情も混乱もなく襲い来るモンスターの軍隊だ。

「「「ギチギチギチギチッ！」」」

アーマーアント・ジェネラルの指示だろうか。

崩壊した陣形をすぐさま修復するようにアリたちが蠢き、さらには僕目がけて大量のアリが迫ってくる。けど、

「態勢を立て直す暇なんて与えるもんか！」

男棍棒！

再び数体のフォートレスを殴り飛ばして陣形をかき乱す。

その隙に僕は陣形の内部へと突入し、さらにアソコを変化させた。

「形状変化！」

何本にも枝分かれした刃。

それは例えるなら、極端に幅の広い熊手（レーク）のような形。

一振りで広範囲を同時に切り裂ける形状の男根剣だ。

「やあああああああっ！」

回転するように剣を振り回す。

それだけで、全方位から僕に襲いかかるアリたちが切り裂かれ絶命していった。

そうして、現場指揮官であるアーマーアント・プラトーンを中心に何十体ものアリたちを刈り取ったとき。

「っ！」

突然、僕の周囲が開けた。

僕に襲いかかっていたアリたちが一斉に身を引いたのだ。

次の瞬間――ドビュウウウウウウウッ！

近接戦は不利だと悟ったのだろう。

レベル90相当の遠距離攻撃専門、アーマーアント・カノンの放つ蟻酸が四方八方から僕を目がけて放たれていた。強烈な水圧で物理的な破壊力もある酸の砲撃。

けど、それは想定済みだ。

「形状変化！　形質変化！」

僕の周囲を球形の結界で覆う――そんなイメージで男根の形を変える。

加えて確実に酸を防げるよう男根の材質も変化させた。

酸に極めて強い耐性を持つ金属――すなわち金に。

男根防御技……金の球盾！

強度に多少の不安はあったが、そこはＬｖの上がった〈男根形質変化〉。

蟻酸の直接当たらない裏面をアダマンタイトに変化させ、強度不足も解消。

優秀な防御技によって、強力な蟻酸攻撃を完封することに成功する。

「遠距離攻撃も完全に防げる、これなら――！」

一息に敵大将を狙える。

蟻酸攻撃の合間を縫い、僕はさらにアソコを変化させた。

イメージするのは、東方に生育する珍しい植物。ムキムキ竹。

次の瞬間、僕の手には硬くしなやかな竹の棒が握られていた。

アリが引いたために開けた空間を全力疾走しつつ、地面にその棒を突き立てる。

レベル140に達した〈淫魔〉の腕力で極限まで竹をしならせ、その反動を利用して僕は空を跳んだ。

かつて王都にやってきた旅芸人が見せてくれた、棒高飛びの要領だ。

男根高速機動技──肉棒高飛び。

〈淫魔〉の腕力とトンデモスキルが可能にした超高速の跳躍で、僕はアリたちの頭上を一気に駆け抜ける。

大量の蟻酸が僕を狙うが、ほとんど当たらない。

当たりそうになっても金の球盾によって防ぎ、僕はほとんど減速することなく目的の場所へ到達していた。


すなわち、この群れを操る総大将──アーマーアント・ジェネラルの眼前へ。


「ギイイイイイイイイイッ!?」

レベル120相当の怪物が驚愕したように咆哮する。

その身体は周囲を固めるフォートレスに負けず劣らず巨大で威圧的だ。

だが敵は四百を超える群れを束ねる優秀な指揮官。

得体の知れない襲撃者とまともに相対するはずもなく、周囲を固めるフォートレスとともに後退。

さらにアーマーアント・メイジの土魔法によって大量の土壁を出現させ、その姿をくらませようとする。だが、

「む、だ、だあああああ！」

アーマーアント・ジェネラルの巨体目がけ、細く伸びる僕の男根。

土壁を貫き、護衛のフォートレスを貫通し、さらに長く伸びていく。

そして僕はそれを、一気に薙いだ。

ズパアアアアアッ！

〈男根形状変化〉のレベルアップによって変えられる質量も増した僕の男根が、眼前の障壁をすべて引き裂く。周囲にいたアーマーアント・メイジもついでに絶命し、土魔法によって作られた壁はすべて崩壊。

開けた視界の中では無数の亡骸が転がり、アーマーアント・ジェネラルも真っ二つになって動かなくなっていた。

けど念のために男根棒で頭を潰しておく。

次の瞬間だった。

「「「ギッ!?!?」」」

それまで精鋭軍隊のように統率の取れていたアリたちの動きがはっきりと変わる。

ある者は戸惑うように動かなくなり、またある者はモンスターの本能に突き動かされるまま暴れ出す。隊列など見る影もなく、アリの軍隊は一瞬にして烏合の衆と化した。

「な……私は夢でも見ているのか……!?　い、いやそれより——いまだ！　全員でアーマーアントを仕留めろ！」

僕が進軍を食い止めている間に、しっかり混乱を鎮めてくれていたのだろう。

ゴードさんの号令が響きわたると同時、街の戦力が一斉に突撃を開始する。

「よし……！」

ゴードさんたちの突撃に合わせ、僕もアリの群れを内部から蹂躙。

それからしばらくして、街を襲ったアリの群れは一匹残らず掃討されるのだった。


「……立場上、冒険者の能力について詮索してはいけないと重々承知しているが……」

戦いが終わったあと。

頭を潰されたアーマーアント・ジェネラルの傍らで、ゴードさんが呆然と僕に声をかけてきた。

「どう考えてもおかしい……君はその若さで、一体どうやってこれほどの力を得たというんだ……!?」

「あ、あはは」

あなたの娘さんに唆されて高性能生ディルドを売ったら強くなってました、なんて言えない……絶対に言えない……。

誤魔化すように笑いながら、僕は大きな被害もなく街を守れたことにひとまず安堵するのだった。

エリオ・スカーレット　ヒューマン　〈淫魔〉レベル143
所持スキル
絶倫Lv10　　男根分離Lv6
男根形状変化Lv10　　男根形質変化Lv10
男根再生Lv4　　適正男根自動変化（Lvなし）
主従契約（Lvなし）　　異性特効（Lvなし）

▼第37話　巣穴姦

戦いのあと。

軍隊型のアーマーアントを相手に快勝したことで、街は大賑わいになっていた。

犠牲者ゼロ。それに加えて高価な武器や防具の材料となるアーマーアントの素材が大量に手に入り、街全体が突然の臨時収入に沸いていたのだ。

しかしそうしたお祭り騒ぎの喧噪に街中が包まれる一方。

冒険者ギルドでは未だに緊迫した雰囲気が漂っていた。

なぜなら軍隊型のアーマーアントが出現したということは、それだけ巨大な巣が近くにあるということ。

しかも冒険者に悟らせることなく大量のエサを集めて勢力を拡大した集団が存在するということで、一刻も早く対処する必要があったのだ。

もたもたしていては、第二第三の軍隊型が出現しないとも限らない。

「幸い、アーマーアントの進軍はその軌跡を非常に辿りやすい。道中で獲物を食い荒らした形跡や足跡がはっきりと残るからだ。一刻も早く巣穴を発見し、再び勢力を増す前にこれを潰してほしい」

そうして軍隊型を返り討ちにした翌日。

巣穴の発見と攻略——ギルマスのゴードさんによって発令されたその緊急クエストに僕とアリシアも招集され、一も二もなく参加することにしたのだけど……一つだけ問題があった。

「ああああっ♥　夢にまで見たエリオール君との共同任務……最高すぎます……！」

巣穴攻略隊のリーダーがレイニーさんだったのだ。

ゴードさんが申し訳なさそうに僕に耳打ちする。

「昨日の今日で招集したうえにこんなことになってすまない……しかし私は軍隊型発生について領主に報告したり周辺地域に協力と警戒を促したりとやることが山積みでな……巣穴攻略の経験が豊富なベテランはいま、レイニーしかいないのだ。悪いが我慢してくれ」

それに、とゴードさんがさらに声を潜めて続ける。

「君が昨日見せた強さなら、無理矢理レイニーに手籠めにされることはないだろうという判断だ」

強くなりすぎるのもいいことばかりじゃないってことかな……。

そんなことを思いつつ、僕たちは攻略隊の一員としてアリの足跡を辿ることになった。

得体の知れない巣穴の危険性を考慮したのか、攻略隊は八十人近い大所帯だ。

道中は予想通り大変だった。

「エリオール君♥　わからないことがあったらなんでも聞いてくださいね？　あと野営時の寝床はリーダー権限で私と一緒にしておきましたから。なにも心配はいりませんよ♥」

「……エリオ……レイニーさんと仲良くするなら……私とはその倍、仲良くしてくれるよね……？」

馬車に揺られている間、レイニーさんとアリシアに両脇を固められ、ひたすら左右から甘い声音で囁かれる。逃げると騒ぎになるので、僕は顔を真っ赤にしてひたすら耐えた。

けどその恥ずかしい囁きは馬車が進むごとに少なくなっていった。

アリたちの足跡が、ダンジョン爆発のあったアルゴ村へ続く街道をひたすら真っ直ぐ辿っていたからだ。

「レイニーさん、これ……まさか巣穴のある場所って……」

「……ありえません。昨日の時点で撤収がほぼ完了していたとはいえ、ほんの二、三日前までダンジョン爆発対策で複数の冒険者が常に探索を行っていたエリアですよ……？　アリの繁殖を見落とす可能性が最も低い場所のはず……この足跡はどこかで大きく街道を逸れるに違いありません」

僕の言葉を、レイニーさんがセクハラも交えず真剣な表情で否定する。

けどレイニーさんの予想に反し、アリの足跡を追っていた僕たちは真っ直ぐアルゴ村へ到着。

完全に冒険者の顔となったレイニーさんの指示に従い攻略隊のみんなで周辺を捜索したところ――その大穴はすぐに見つかった。

偏向した魔力によって光るダンジョンの壁とは違う。

アーマーアントが好んで植えるヒカリゴケの燐光によって照らされた、ヤツらの巣穴だ。

「……っ!?　ダンジョン爆発の対策を行っていた現場にこんな巨大な巣穴が出現するなんて……出入り口を塞いでおけば存在を隠蔽することは可能とはいえ、軍隊型を輩出するほどの巣穴に成長するには莫大な量のエサが必要なはず。冒険者に気づかれずどうやって狩りを

「……もしや、いやしかし……」

愕然としたようにレイニーさんが声を漏らす。

僕のお尻を触ることもなく怜悧な瞳を細めてブツブツと漏らしていたが、やがて割り切ったように顔を上げた。

「……考えても仕方ありません。ここはひとまず巣穴の調査と攻略を優先。突入班は準備を。連絡班はギルドへ巣穴発見の連絡を。場合によっては援軍を呼ぶ必要があります」

レイニーさんの指示で周囲が慌ただしく動き出す。

連絡係の人が持っているのは希少な遠距離通信の水晶だ。

ギルドや国の施設にある大型と違い、持ち運びできる大きさのソレは使用回数が決まっているため、こうした重要クエストでしか使えなかったりする。

と、突入準備をはじめてしばらくしたとき。

「これは……困りましたね」

レイニーさんが声を漏らした。

どうしたのかと尋ねてみれば、「予想以上に巣穴が大きいんです」と真剣な表情で僕を見返してくる。

「アーマーアントの巣穴攻略の際、最も効率が良いのは巣の深部にいるクイーンを速攻で潰すことです。繁殖を封じつつ、巣を守る理由を失い混乱するアリたちを楽に殲滅できますから。

なので連れてきた〈音魔術師〉の探知魔法で巣穴の構造を探ってもらったのですが……これがかなり大きい。街でトップクラスの〈音魔術師〉たちが探りきれないほどに」

こうなると複雑極まりないアリの巣穴を手探りで進むことになり、非常に危険なのだという。ダンジョンと違ってアリたちが明確に連携してくるため、最短ルートを確保してから突入しないとかなり手こずるらしい。

「エリオール君がいれば強引に敵を殲滅(せんめつ)することも可能でしょうが、異例尽くしの巣穴です。あまり不確かな策は採りたくない。兵糧攻(ひょうろうぜ)めも蓄餌の状況によってはかなり時間がかかってしまいますし」

「なるほど……」

レイニーさんの説明に僕は納得する。

それから少し考えたあと、レイニーさんに耳打ちした。

「それなら、ひとつ試してみたいことがあるんですけど」

「え、試す？　もしかして私の身体(からだ)をですか!?」

「違いますよ!?」

それまで真面目な顔をしていたレイニーさんが耳を押さえながら息を荒らげはじめたので、僕は対抗して声を荒らげる。これがなければ尊敬できる先輩冒険者なのに……。

「そうじゃなくて、僕の男根け——魔剣を使えば、巣穴の全貌がわかるかもしれないんです」

「え……？」

それは、以前のダンジョン攻略の際にはスキルＬｖの関係でまだできなかったこと。

僕はこっそり男根剣を抜き、攻略隊のリーダーであるレイニーさんとアリシアだけを連れ、巣穴の入り口に立つ。

その瞬間。

「形状変化」と小さく呟き、男根剣を地面に突き立てた。

ずあああああああああああああっ！

産毛よりも細くなった僕の男根が巣穴を突き進んでいった。

武器として使うときとは違い、感覚は繋がったまま。

身体の中で最も敏感なその部位は、巣穴の構造をこれでもかと詳細に伝えてくる。

分かれ道があればそれにあわせて分岐し、僕の男根は巣穴中に広がっていった。

その間、わずか数分。

行き止まり、寝床、餌の貯蔵庫、それらの位置を完全に把握する。

そして、

「……見つけた」

通常、クイーンがいるのは巣穴最深部の最も広い部屋。卵部屋のすぐ近く。

レイニーさんに教えられた通りの場所に一際大きな個体の気配を感じ、僕は呟いた。

「最短ルートを見つけました。巣の全体像を地図に書き起こすので、〈音魔術師〉のみなさんが探知できた範囲と照らし合わせてみてください」

「え……？　ええ……？」

唖然とするレイニーさんに作成した地図を渡す。

やがてレイニーさんは愕然とした表情で戻ってきて、

「表層部と中層部が音魔術師の感知した構造と完全に一致しました。これならクイーンの居場所についても間違いないでしょう。……軍隊型と戦っているときも思いましたが、その魔剣は一体、どこまでとんでもない性能なんですか……？」

よかった。成功だ。

性能だけは信じられないほど高い生き恥スキルに感謝しつつ、僕はレイニーさんの疑問を笑って誤魔化す。全力で誤魔化す。

そうして突入の準備を完了した僕たちは、軍隊型を生み出したアーマーアントの巣穴を攻略すべく動き出した。

▼第38話　異変の原因

アーマーアントの巣穴は、洞窟型のダンジョンによく似ている。

けれどダンジョンとは違って魔力が偏向してできた穴ではないため壁は光っておらず、内部を照らすのはアーマーアントが植えたヒカリゴケだ。

壁の強度はアーマーアントが分泌する体液に依存しているため、あまり強力な魔法は濫用できない。また魔力の偏向したダンジョン内でしか使えない脱出アイテムもここでは当然機能せず、アーマーアントの巣穴攻略は通常の同レベル帯ダンジョンよりも難易度が高いとされていた。

けれど、

「……エリオ……次の曲がり角から敵が三匹……」

「わかった、やあああああっ！」

「エリオール君にばかり任せていては攻略隊隊長の名折れです！〈怪力強化〉！」

「「「ギイイイイイイっ!?」」」

周辺探知スキルで得た情報をこっそり僕に知らせるアリシア。

ロングソードの形に固定したアダマンタイト男根で敵を切り捨てる僕。

鉄棍を振り回しアリの群れを叩き潰すレイニーさん。

僕らを先頭に、攻略隊はノンストップで巣穴を突き進んでいた。

巨大な巣穴だけあって、こちらに迫りくるアリは多い。

けど軍隊型を放出した直後のせいか、大した戦力は残っていないらしい。

苦戦など一切なく最短ルートを切り開くことができていた。

巣穴に突入したのはおよそ四十名の冒険者。

後方部隊は僕たちの切り開いた道を進みつつ、〈水魔術師〉の魔法と特殊なマジックアイテムを混ぜた粘液で脇道を封鎖。一時的なものだが、最短ルートにアリが押し寄せてくるのを防いでいた。

そうして広大な巣穴を突き進んでしばらくした頃。

「「ギイイイイイイッ！」」

クイーンのいる産卵部屋のすぐ手前。

大きく開けた空間に金切り声が響きわたる。

レベル120相当。

ジェネラルとは違い、純粋に戦闘力に特化したアーマーアントの最強種。

二体のアーマーアント・ガーディアンが凄(すさ)まじい威圧感を放って僕たちの前に現れた。

けど、

「やあああああああっ！」

それさえも僕たちの障害にはなりえない。

クイーンを守るその巨大な爪も、牙も、装甲も。男根剣の前ではすべて無意味。

襲いかかる巨体をかわし、硬く変化した男根で二匹の頭を切り飛ばす。

「お、おいおい……エリオール少年、ちょっと強すぎじゃないか……!?」

「ガーディアンって、肥大した巣穴の攻略で一番の障害なんですけど……!?」

「やはりエリオール君は至高の少年……結婚しましょう」

後方部隊の人たちがにわかにざわつく。

けど油断は禁物だ。

冒険者たちに気づかれず軍隊型を生み出した巣穴である。

この先になにかとんでもないイレギュラーが待ち受けていてもおかしくない。

警戒をゆるめないまま、僕たちはクイーーンの待ち受ける大部屋へと駆け込んだ。

……が、そんな警戒はまったくの無意味だった。

奥の大部屋に寝そべっていたのは、まったくもって普通のアーマーアント・クイーーン。

あまりにも巨大すぎて他の部屋へ逃げることもできないそいつは、レイニーさんの攻撃スキルでいとも容易(たやす)く絶命したのだ。

「なんだ、異例尽くしの巣穴だっつーからどんなイレギュラーが襲ってくるかと思えば、とんだ拍子抜けだったたな」

「軍隊型が出払った直後で手薄だったのが大きいね。……あとなにより、エリオール少年が強すぎるでしょ。まあなんにせよ、早く片付いてよかった」

言って、後方部隊がいくつかの隊に分かれ、アリの掃討(そうとう)へと動き始める。

けどそんな中、隊長であるレイニーさんとその周囲は違った。

「おかしい……あまりにも普通すぎます。これではこの巣穴が秘密裏に拡大した理由がわからない。必ずなにかあるはずです」

僕も同意見だった。

そこで僕は、クイーンの死体を調べ始めたレイニーさんに声をかける。

「あの、実は少し気になることがあって。巣穴の奥を調べてきてもいいですか？」

「？　構いませんが、まだ巣穴にはアリが残っています。エリオール君なら心配ないでしょうが、念のため一人にはならないようにしてください」

検死に集中しているレイニーさんの許可をもらい、僕はアリシアとともに産卵部屋の奥へと向かう。

そこは、ただひたすら続く一本道。

餌置き場でもなければゴミ溜め場でもない、謎の通路だ。

（男根探知で巣の構造を探ったとき、明らかに巣の全体像から突出した謎の通路が何本もあった。掘り間違いにしてはあまりに長すぎる通路が。ここはそのうちの一本だけど……やっぱり行き止まりか）

秘密の餌場にでも繋がってるんじゃないかと思って来てはみたけど……。

事前に男根探知でわかっていたとおり、その通路はそこで完全に途絶していた。

でもそうなるといよいよわからない。

アーマーアントはなんのためにこんな意味のない通路を掘ったんだ？

と、僕が考え込んでいたとき。

「……エリオから誘ってくれて、嬉しい……♥」

「え!?　ちょっ、アリシア!?」

突如、アリシアが僕を押し倒してきた。なにゆえ!?

「？　急に人気のないところに誘ってくれたから……調査の名目でみんなと離れて……『仲良し』してくれるのかなって……」

「しないよ!?」

「……でも、エリオが思わせぶりなことするせいで……もう準備できちゃったし……先っちょだけでいいから……」

「先っちょだけってなに!?　大体こんなとこでしたら絶対誰かにバレちゃうでしょ！」

「大丈夫……頑張って声は抑えるし、〈周辺探知〉を使ってしっかり周りを警戒するから。あとは〈神聖堅守〉でこの一本道に魔法の壁を張れば……絶対に誰にも気づかれない」

〈神聖騎士〉の神聖なスキルをそんなことに使わないで!?

てゆーかこの用意周到さ……まさかアリシア、二度と禁欲チャレンジなんてしないで済むようこっそりックスの方法でも模索してたの!?

と、僕がアリシアをなだめていたそのときだ。

「……え？」

突如、アリシアが目を見開く。

そして信じられないことを言い出した。

「……エリオ。この行き止まりの向こう……なにか、いる……」

「え……？」

僕と仲良しするために周辺探知スキルを発動したのだろうアリシアの言葉。

とてつもなく嫌な予感がして、僕はすぐに男根剣で壁を掘りはじめた。

そうしてしばらく掘り進んだ先で、急に手応えがなくなった。

一気に壁を蹴り崩す。するとそこには、

「な……!?」

燐光を放つ空間が広がっていた。

ヒカリゴケじゃない。

魔力偏向によって光る壁。

すなわち、ダンジョンだ。

「ここって……資源確保のために潰されず残されたアルゴ村ダンジョン!?　アーマーアントの巣穴がなんでここに繋がって……!?」

あまりにも信じがたい光景に、しばらく思考が停止する。

しかし次の瞬間、止まっていた思考は一気に爆発した。

――まさか、ダンジョンから直接モンスターを捕食してたのか!?　冒険者の目を盗んで!?

――そんな悪知恵の働くアーマーアントがいるなんて聞いたこともない！　けどそうでもしないと秘密裏に勢力を拡大するなんて不可能だ……！

――そうやって増えたアーマーアントがほとんどのダンジョンを潰されて急なエサ不足に陥り、軍隊型を形成して狩りに出てきたのだとすれば……一応の辻褄は合う！

――けどダンジョンって確か入り口からしか侵入できないんじゃあ……でも実際に巣穴は繋がってるわけで……ダンジョンからも生まれるモンスターは人と違って特別なのか!?

他にも色々な疑問や仮説が湧く。

けどそれ以上は僕とアリシアだけで検証することなんて不可能で。

僕はダンジョンからモンスターが入ってこないよう通路を塞いでから、言葉をなくすアリシアとともにいま来た道を急いで戻る。

「レイニーさん大変です！　この巣穴、いままでに前例のないやり口で勢力を拡大して……っ！　もしこれがこの巣穴だけじゃなかったら――！」

と、僕はそこで一度言葉を切る。

クイーンの死体を取り囲むレイニーさんたちが先ほどよりも深刻な表情をしていたからだ。

しかしすぐにレイニーさんはこちらの異常に気づき報告を促す。

　そこで僕が通路の奥で見てきたこと、そして諸々の仮説を説明したところ、

「……っ!?」

　レイニーさんたちの表情が異常なほどに青ざめた。

　その反応に僕が「まさか……」と思っていると、

「……いま、クイーンの死体に〝羽の跡〟を確認しました」

　レイニーさんが努めて冷静に言葉を紡ぐ。

「つまりこのクイーンは第二世代。飛蝗型です」

　飛蝗型。

　巣の飽和状態が続いた際に発生して新天地を目指す、飛行能力を持ったアーマーアントのことだ。そしてこの飛蝗型は、第一世代――生まれ育った巣穴の特徴を色濃く受け継いでいることが多く、同時に何匹も巣立っていくのだという。

　つまり――。

「急いでギルドに報告しましょう。この巣穴は氷山の一角。ダンジョンに寄生して秘密裏に勢力を拡大するような知恵を持つアーマーアントが、既に王国各地に散らばっている可能性があります」

　軍隊型どころの騒ぎじゃない。

僕らのあずかり知らぬ地下深くで、無数の厄災が力を蓄えていた。

▼第39話　蠢く人影

僕たちから報告を受けたギルドは、当然のように大騒ぎになった。

いますぐ第一世代の巣穴を見つけ出し、知恵をつけたアリの拡散を止めなくてはならないと。

だが幸いなことに、各地に第二世代をバラまいていると見られる大本の巣穴はそれからすぐに見つかった。

「不幸中の幸いだ。もともと、モンスターの出現異常傾向の原因を突き止めるためにうちの主力冒険者たちが各地を回っていた。その結果、西の大森林からモンスターが流れてきていると判明し調査を続けていたのだが、そこに君たちからの報告が上がってきたのだ」

執務室の椅子に座ったゴードさんが、僕とアリシア、レイニーさんに疲弊しきった顔を向ける。

「西の大森林はアーマーアントの主な生息地。なにかあると思い現地の冒険者に指示を出してみれば……見つかったよ。広大な地下空間が、大森林内にある複数のダンジョンに隣接するかたちで出現していた。索敵に特化した〈ギフト〉持ちによって、巣穴から羽の生えた第二世代が這い出てくるのも確認済み。間違いなく大本である第一世代の巣穴だ」

加えて現地では、ダンジョンから希(まれ)にモンスターが逃げ出していることも判明。

どうやら昨今のモンスター出現傾向異常は、アーマーアントの捕食に耐えかねたダンジョンから溢(あふ)れたモンスターが原因だったらしい。

モンスターの出現傾向異常は王国各地で報告されている。

第二世代の繁殖は思った以上に進んでいる可能性が高かった。

「第二世代がこれ以上増えないよう、まずは一刻も早く大本の巣穴を潰(つぶ)す必要がある。今回は私も現場で指揮を執る。君たちもすぐ現地へ向かってほしい」

「はい、もちろんです」

こんな状況、捨て置けるわけがない。

そうして僕たちは二度目の巣穴攻略に挑むことになった。

そこになにが待ち受けているのか、知る由もなく。

*

大森林の地下深く。

ヒカリゴケの淡い光が照らす地下迷宮には、巨大なアリたちが無数に蠢(うごめ)いていた。

その中にひとつ、異質な存在が紛(まぎ)れ込んでいる。

一人の少女だ。

アーマーアントに腰掛け、運ばれてくる肉塊を豪快に貪っている。

その容姿はあり得ないほどに整っていた。体型も人間の男が好む豊満な肉付きだ。

頭から生える触角や身体の各部を守る金属質の外殻がなければ、王侯貴族でさえ求婚を申し込むほどの外見である。

だが――その少女が纏う空気はあまりにも人間離れしていた。

「……ほぉ。人間どもが妾の根城に気づいたか。思いのほか早かったな」

肉を頬張りながら少女が呟く。

「だがいまの人間どもにトップクラスの〈聖騎士〉など用意できまい。どれ、モンスターの肉にも飽きてきたところだ。根城を移る前に少し遊んでやろう」

本来ならばアーマーアント・クイーンが居座るはずの空間で、少女が人外の笑みを浮かべた。

*

大本の巣穴がある大森林への移動は、〈風魔術師〉たちによる飛行魔法が使われた。

本来なら大金を積まなければ利用できないその移動方法も、今回は緊急事態ということでギルドが負担。

地域一帯の冒険者四百名近くが大森林まで一気に運ばれた。

本当ならお金だけでなく、国が聖騎士も派遣してくれれば万全だったのだけど……、間の悪いことに、王都はいまそれどころではないらしかった。

「まさかこのタイミングで隣国が攻めてくるなんて……」

隣国からの急襲に聖騎士たちは厳戒態勢。

アーマーアントの駆除は現地の冒険者に任されることになったのだ。

けれど国の判断はあながち間違ってもいない。

なにせ集まった戦力は、巣穴攻略に十分すぎるものだったからだ。

「君が軍隊型撃退の功労者か。話は聞いてるよ。よろしく頼む」

大森林内部。

巣穴への突入準備が進むなか、わざわざ僕とアリシアのところへ挨拶に来てくれたのは、今作戦の現場リーダー。

ゴードさんが街一番と評する冒険者パーティー〈大空の向日葵〉のメンバーだったのだ。

女性だけのチームながら全員がレベル90前後。レイニーさんの古巣でもあり、アーマーアントの巣穴攻略経験もあるベテラン勢だ。

今回の作戦は彼女たち以外にも実力者が多く参加しており、いくら広大な巣穴でもそうそう苦戦することはないだろうと思われた。

「そういえばレイニー、お前いつまで試験官やってるつもりだ。うちに戻る気はないのか」

「試験官は今年をもって寿退社するつもりなので、そろそろそちらに戻ってもいいですね」

一体誰と寿するつもりなんだ……。

レイニーさんと〈大空の向日葵〉が交わす気心知れた会話に若干戦慄する。

と、〈大空の向日葵〉のリーダーであるミリアムさんが「まあ雑談はこのくらいにして」と纏う空気を変えた。

巣穴を潰す大規模作戦の準備が整ったと、連絡用の水晶が知らせてきたのだ。

「事態は一刻を争う。君としては魔剣の能力をあまり人前で使いたくないかもしれないが……全力で頼む」

「はい！」

ミリアムさんに言われ、僕は冒険者たちの手で掘り起こされた巣穴の前に立つ。

男根探知。

限りなく細く伸びた男根が巣穴の中へと侵入していく。

前回攻略した巣穴より遥かに広大な巣穴の探知には時間がかかったが、

「見つけた……女王部屋への最短ルート確保です」

マッピングが得意な〈シーフ〉の力も借りて速効で地図を作成。

各班で情報を共有したのち、ミリアムさんが号令をかけた。

「それではいくぞ！　巣穴攻略作戦、開始！」

今回の作戦は、約四百名の冒険者が大きく二つの班に分かれている。

ひとつは巣穴全体を空から見張り、第二世代の飛蝗型が一斉に逃げ出すのを防ぐゴードさん指揮の外部班。

そしてもう一つがミリアムさんの指揮する巣穴突入班だ。

僕も当然、アリシアやレイニーさんとともに突入班に参加し、巣穴をガンガン進んでいく。

「「「キイイイイイイイイ！」」」

強力なアリたちが大量に押し寄せてくるが関係ない。

僕の男根剣、それから〈大空の向日葵(ひまわり)〉の力が凄(すさ)まじく、レベル90相当のアーマーアント・カノンやフォートレスが押し寄せてきても相手にならなかったのだ。

ただ、そこは腐っても飛蝗型を輩出した大規模な巣穴。

女王部屋の手前まで辿(たど)り着いた僕たちの前に、無数の影が立ちはだかる。

「なんだこのアーマーアント・ガーディアンの数は……！」

ミリアムさんを筆頭に、冒険者たちが一様に目を剥(む)く。

けどそれも仕方ないだろう。

その広大な広間で待ち構えていたのは、優に二十体を超えるアーマーアント・ガーディアンだったのだ。

レベル120相当のモンスターが徒党を組み、他にも無数のアリを従えて巣穴攻略班に襲いかかる。

「さすがにこれは……！　形質変化！　形状変化！」

僕は「特殊な魔剣」ということになっている男根を一気に変形させた。

伸縮自在のアダマンタイト剣がガーディアンを一刀両断する。

けどさすがに二十体すべてを瞬殺とはいかず、僕は冒険者たちを守りながら叫んだ。

「ミリアムさん！　先に女王をお願いします！　女王さえ倒せば、ガーディアンの連携も崩れてぐっと戦いやすくなりますから！」

「すまない、ここは頼んだ！」

さすがの状況判断力。

倒れたガーディアンの横を駆け抜け、〈大空の向日葵〉が女王部屋へと雪崩れ込む。

よし。

これでこの巣穴の女王は討伐され、アリたちの連携も崩れて一気に戦いやすくなる。

そう思いつつ、さらに男根剣を振るってガーディアンの数を減らしていたときだった。

「な、なんだお前は……⁉　まさか……ぐあああああああああああっ⁉」

「えっ……!?」

突如。

女王部屋のほうからミリアムさんたちの絶叫が轟(とどろ)いた。

そしてそれきり、女王部屋からはなにも聞こえなくなる。

「一体なにが……!?　アリシア！」

「うん……！」

猛烈に嫌な予感がする。

僕は刈り残した数体のガーディアンを冒険者たちに任せ、回復スキルの使えるアリシアとともに女王部屋へ急ぐ。

「な……っ!?」

次の瞬間、僕らの目に信じがたい光景が飛び込んできた。

女王部屋に蠢(うごめ)く無数のアリ。

手足が吹き飛び、全身を血で濡(ぬ)らす〈大空の向日葵(ひまわり)〉のメンバー。

そして、

「おやおや、これはまた元気で若い生き餌が飛び込んできたものだ」

頭から触角を生やし、アーマーアントの甲殻に似た鋼(はがね)色の鎧(よろい)を身体(からだ)から直接生やしたような、絶世の美少女。

モンスターの巣穴で泰然自若に微笑むそいつは、明らかに人間ではなくて――。

「まさか……魔族……!?」

助けの届かない地下深くで僕たちを待ち受けていた特級のイレギュラーに、僕の口から掠れた声が漏れた。

エリオ・スカーレット　ヒューマン　〈淫魔〉レベル150
所持スキル
絶倫Ｌｖ10　男根分離Ｌｖ6
男根形状変化Ｌｖ10　男根形質変化Ｌｖ10
男根再生Ｌｖ4　適正男根自動変化（Ｌｖなし）
主従契約（Ｌｖなし）　異性特効（Ｌｖなし）

▼第40話　女王の力、男根の力

「キシキシキシ。自分からエサになりにやってくるとは殊勝な肉塊どもだ。このレジーナの子供らを散々減らしてくれたぶん、一人残らず糧としてやろう」

「……!?　まさかこいつ……アーマーアント・クイーンの魔族……!?」

レジーナと名乗った少女――まず間違いなく一連の異変の元凶だろう存在を前に、僕の全身から汗が噴き出した。

魔族。

それは何百年も長生きしたり、特殊な条件を満たすことで進化したモンスターと定義されている。

特徴は人語を介すほどに高くなった知能と、人格の獲得。人とモンスターが交じり合ったような姿。そしてモンスターと同様に人族の敵と称される彼らは、そのほとんどが人族に対する強い悪意と高い戦闘力を有しているとされていた。

人族と同じで、その強さには個体ごとに大きく差がある。

だが魔族と呼ばれるまでに進化した彼らの参考レベルは――生まれたての弱い個体でさえ、最低でも200は超える。

「アリシア!　僕が時間を稼ぐ!　ミリアムさんたちに治療を!」

「わかった……!」

わずかに息のある〈大空の向日葵（ひまわり）〉の傍（かたわ）らにアリシアが跪（ひざまず）き、周囲のアリたちから守るように〈神聖堅守〉の結界を張り巡らせる。

そんなアリシアたちを庇うように僕は男根剣を構えた。

次の瞬間、

「おいおい、せっかく仕留めた妾の獲物になにをする」

ヒュヒュヒュヒュヒュヒュッ！

「っ!?」

風切り音が耳朶を打った。無数のカマイタチだ。

だがそれは僕を狙ったものではなく、

（こいつ、真っ先にアリシアたちを狙って……!?）

レベルの上がった〈淫魔〉の動体視力が超高速の斬撃をすべて捉える。

男根剣を変化させ、僕の脇をすり抜けようとするその攻撃を叩き落とした。

ズガガガガッ！

アリシアたちには当たらないと判断して見逃した一部の攻撃が、背後の土壁にとんでもなく深い裂傷を刻み込む。

僕たちのいま来た道が崩落し、後続の冒険者たちと分断された。

（なんて威力だ！　一撃でも撃墜し損ねたらアリシアたちが危ない……！）

「ほぅ……？　妾の〈飛び爪〉を防ぐか。ならばこれはどうだ？」

レジーナと名乗った魔族の少女が腕を振るう。

瞬間、周囲のアリたちが一つの意思に従うかのようにアリシアの〈神聖堅守〉へ群がる。

と同時に、先ほどとは比べものにならない数の斬撃が僕たちを襲った。
「ぐ、うううううううっ!?」
絶えず男根剣を変化させ、その攻撃をすべて叩き落とす。
けど軽く腕を振るうだけで放たれる強力な斬撃は尽きる気配がない。
(このままじゃジリ貧だ……!)
アリたちの攻撃に晒されている〈神聖堅守〉もいつまで持つかわからない。
相手が魔族だからと慎重に様子見してる時間なんてなかった。
速攻で決着をつけなくては。
幸い、僕の〈異性特効〉は相手が魔族でも発動するらしい。
全身に力が漲り、レジーナの攻撃も完全に見切れるようになっている。
僕は攻撃の合間を縫って、目の前の魔族に肉薄した。
「やあああああっ!」
幾つも枝分かれさせた男根剣で飛ぶ斬撃をまとめて叩き落とす。
そしてその勢いのまま剣の長さを伸ばし、レジーナ目がけて一気に振り抜いた。
まさか剣の間合いがここまで急激に変わるとは予想外だったのだろう。
レジーナは回避が間に合わず、僕の攻撃に目を見開く。
(とった……!)

　そう確信した瞬間——ガギン！

「は……？」

　信じられないことが起きた。

　いままでアーマーアントの分厚い甲殻をも容易く引き裂いてきたアダマンタイト製の男根剣が——止められたのだ。

「ほぉ、アダマンタイトの魔剣か。だが所詮はただの物理最強金属」

　男根剣を腕の甲殻で受け止めたレジーナが不敵に笑う。

「魔力で強化された妾の外皮は貫けぬよ」

「……!?」

　頭をよぎるのは、聖剣にも付与されているという〝不壊属性〟

　あまりに規格外な魔族の能力に頭が真っ白になる。が、

「だったら……生身の部分を狙うまでだ！」

　男根剣の神髄は変幻自在の柔軟性。

　実家で培った剣術と男根剣を組み合わせ、僕は四方八方から同時にレジーナを切りつける。

　けれど、
　ガガギンッ！

「っ!?　嘘だろ……!?　生身の部分でもアダマンタイトより……!?」

「驚いている暇があるのか？　隙だらけだぞ？」

ヒュッ！

攻撃を完封された一瞬の驚愕と硬直の隙を突かれ、レジーナの強烈な蹴りが叩き込まれた。

咄嗟に男根剣でガードするも――バギャアアアア！

最硬の盾は最硬の鈍器にもなる。

男根剣が、甲殻部分を利用したレジーナの蹴りによって砕かれた。

多少威力は殺せたが、僕はそのまま大きく吹き飛ばされて壁に叩きつけられる。

「がはっ……!?」

幸い、砕けた男根剣は〈男根再生〉によってすぐ元の形に戻る。

だが男根を砕かれた精神的ダメージは途方もなく、男根と一緒に心まで折れそうになる。

けれど、

「エリオ……!!」

アリシアの悲痛な声。

そちらを見れば、結界の中で未だにミリアムさんたちが横たわっていた。

治療はほぼ終わっている。けど血を流しすぎたのか目を覚ます気配はない。

ここで僕が折れれば、彼女たちは全員助からない。

いや……それ以前に……。

「キシキシキシ。やはり熟練の〈聖騎士〉でもなければ人間などこんなものか」

レジーナが人外の笑みを浮かべ、こちらに近づいてくる。

「しかしいつまでも遊んではおれん。我が根城を滅茶苦茶にしおった貴様らを皆殺しにしたあとは、また身を隠して力を蓄え、我が子らの兵力で人間どもを恐怖と混乱に陥れてくれる」

レジーナは一連の異変の元凶だ。

加えて普通のクイーンと違って小柄なため、巣穴を逃れて自在に身を隠すことができる。

ここで倒さなければ、今度はより巧妙に身を潜めアリを増やすだろう。

今日の作戦に参加した人たちを――アリシアを〝栄養〟にしたうえで。

そんなこと、絶対にさせるわけにはいかない。

だから、

「魔力の消費が激しいうえに、魔族に通用するかもわからないけど……」

「……？　なんだ？」

僕にトドメを刺そうと迫るレジーナが動きを止めた。

男根剣を握って立ち上がった僕の目がまだ死んでいなかったからだろう。

瞬間、僕は男根に全力で魔力を送り込む。

僕の男根は、毒や瘴気、水といった物体に変化することはできなかった。

けどひとつだけ。

〈男根形質変化〉がLv10に達したことで可能になった大きな変化があったんだ。

男根を形容する際には、様々な形容詞が使われる。

大きい、小さい、硬い、柔らかい、太い、細い、長い、短い……

僕の生き恥スキルは、男根を形容する様々な言葉を体言するように男根を変化させてきた。

——だから。


男根を現す形容詞である「熱い」もまた、僕のスキルの範疇だったのだろう。

——ボッ！


大量の魔力を食らった男根が赤熱する。

凄まじい熱に僕の髪の毛が浮き立ち、地下の気温を一気に上昇させた。

「……!? なんだそれは……アダマンタイトの魔剣ではなかったのか!?」

レジーナの表情が初めて驚愕に歪む。

そんな彼女を、僕は真っ直ぐに見据える。


「男根剣——煌」

心を燃やせ！　アソコを燃やせ！

自らを鼓舞することで男根を破壊される恐怖を払拭し――僕は目の前の怪物へと再び切り込んだ。

▼第41話　燃えよ男根剣！

大量の魔力を送り込んだ僕の男根が赤熱する。

凄まじい熱に周囲の空気が揺らぎ、温度差で風さえ巻き起こる。

〈男根形質変化〉Ｌｖ10によって顕現した、燃える男根剣だ。

「なんだその魔剣は……!?」

アーマーアント・クイーンの魔族、レジーナの表情が驚愕に歪む。

だがその驚きはすぐに鳴りを潜め、嘲るような笑みが浮かんだ。

「なるほどな、魔力を送り込むことで姿形だけでなく属性まで変える魔剣か。アーマーアントの弱点が火魔法だからと最後の魔力を振り絞り、切り札を切ったわけだ。キシキシキシ。だが甘い。たとえアーマーアントの弱点である火属性であろうと、生半可な魔力で妾の外皮を抜けるものか！」

言って、レジーナが突っ込んでくる。

彼女の言う通り、たとえ弱点属性であろうと魔力で強化された甲殻を貫ける保証はない。

こちらの魔力が弱ければ、結局は押し負けて終わりだ。

この燃える男根剣が防がれてしまえばもう本当に打つ手がない。

男根は砕かれ、ここにいる人たちは皆殺しにされ、雲隠れしたレジーナの脅威は凄まじいものになるだろう。

当然、アリシアだって助からない。

様々な恐怖が心を塗りつぶそうとする。けど、だからこそ、

「男根剣——煌」

心を燃やし、アソコを燃やし、僕は全力でレジーナに斬りかかる！

「アアアアアアアアッ！」

アダマンタイトを容易く引き裂くだろうレジーナの爪と、僕の燃える男根剣が激突した。

次の瞬間、

「な——!?　グアアアアアアアッ!?」

悲鳴をあげていたのは、レジーナのほうだった。

金属質の爪が半ば溶けるようにひび割れ、じゅうじゅうと煙が上がる。

凄まじい温度のこもったアダマンタイト製の男根が、敵の魔力防御と甲殻を貫いたのだ。

「一刀両断とはいかないけど、これならいける……！」

燃える男根が見せた光明。

僕は男根を握る手に力を込める。

「こ、の……調子の乗るなよ人間風情ガアアアアアアア！」

瞬間、レジーナが咆哮をあげた。

「武装スキル――〈硬鋼闇羅爪〉」

レジーナの両手から生える爪が急激に伸びる。

そしてそれは指先から剥がれ落ちると一本にまとまり、一振りの巨大な剣と化した。

股間から分離して剣と化す男根剣の爪バージョンだ。羨ましい。

「妾の外皮を貫いたくらいで勝てると思うな！」

叫び、レジーナが切り込んでくる。

ガギイイイイン！

燃える男根剣とレジーナの大剣がぶつかり合う。

男根剣と接触した部位が少し溶けるが、レジーナの大剣はそれでも問題なく僕の男根を受け止めていた。

レジーナが勝ち誇ったような笑みを浮かべる。だが、

「形状変化」

男根剣に決まった形など存在しない。

超高温を保ったまま、僕の男根が敵の大剣を包み込むように変化した。

瞬間——ジュワッ！

ついさっきまで僕の男根とつばぜり合いをしていた大剣が完全に溶け落ち、地面にマグマの水たまりを作って消滅した。

「は……？」

レジーナが呆気にとられたように固まる。

そしてその瞬間を逃す手はなかった。

「隙だらけですよ」

再び剣の形となった燃える男根剣を、レジーナの身体に叩き込む。

「ガ、アアアアアアアアア!?」

今度はレジーナが大きく吹き飛ぶ。

両腕の甲殻で防がれたせいで致命傷とはいかなかったが、それでもかなりのダメージだったのだろう。

立ち上がったレジーナは両腕をだらりと下げたまま、信じがたいものを見るような目で僕を見る。

「馬鹿な……馬鹿な馬鹿な馬鹿な！　聖騎士でもない人間風情に、この妾が……!?」

近接戦は不利と悟ったのだろう。

レジーナの意思に従うかのように、周囲のアリたちが僕に殺到。

それと同時に、レジーナが大きく口を広げた。

「スキル――〈溶解蟻酸〉！」

それはただの溶解液ではなかった。

僕に群がるアリの群れごと容易く貫く威力、速度の水刃が連射される。

けど燃える男根剣の前では無意味だ。

ジュアアアアアッ！

男根剣の盾を展開すれば、溶解液は刀身に触れる前に熱で蒸発。

蟻酸攻撃を霧散させ、アリを蹴散らし、僕は再びレジーナへと肉薄した。

「やあああああっ！」

「ガアアアアアッ!?」

枝分かれした男根剣を叩き込む。

全身の甲殻を砕かれたレジーナが地面を転がり、その場に突っ伏した。

「が……はっ……!?　妾が、負けるだと……!?　なんなのだ、あの人間は……!?」

敗北を悟ったのか、その整った相貌が屈辱と怨嗟に歪む。

あとは僕の魔力が切れる前にトドメを……！　と思ったときだ。

「ふざけおって……！　妾がこんなところで〈聖騎士〉でもない人間にやられるなど……！

ふざけおって、ふざけおって……タダでは終わらぬぞ、こうなれば最後に目にもの見せてくれる！」

なにかするつもりか⁉

まさか自爆系のスキル⁉

即座にトドメを刺すべく、男根剣を瞬時に変化させた――そのときだった。

痛烈な違和感が僕を襲ったのは。

「なんだ……？」

違和感の正体はすぐにわかった。

いままで僕やアリシアに群がっていたアリたちが一斉にこの部屋から逃げ出したのだ。

女王がやられかけているというのに。

まるでその女王本人から、女王を守るよりも重要な命令を受けたかのように。

「どうした？　トドメは刺さんのか？」

瀕死(ひんし)状態にもかかわらずレジーナが不敵に笑う。

その態度に「まさか、もうなにかしたのか？」と不気味なものを感じてトドメを刺せないでいたときだ。

『こちら巣穴包囲班のゴードだ！　内部はいまどうなっている⁉』

〈大空の向日葵(ひまわり)〉が持っていた連絡用の水晶からギルマスの怒声が響いた。

そして次の瞬間、聞こえてきた言葉に僕は耳を疑う。

『巣穴から一斉にアリたちが飛び出してきて、人里のある方角へ向かっている！　各地の巣穴を見張っていた観測班からも同様の報告があがりだして……数が多すぎて止められない！　こんなことは前代未聞だ！　命令を出しているのだろうクイーンを早急に討伐してくれ！』

「な……!?」

ゴードさんの悲鳴めいた指示。

けど僕は動けなかった。

なぜなら、

「キシ……キシキシキシキシ！」

異変の元凶たるアリの女王が――アリたちに指示を飛ばしたのだろうレジーナが、トドメを刺される寸前にもかかわらず愉快げに笑っていたからだ。

「キシキシキシ……勘がいいな。そうよ、魔族となった妾の命令スキルの強度は通常のアーマーアント・クイーンやジェネラルの比ではない。妾が死のうと、我が子らは最後の命令を遂行し続ける。『命の限り人里を蹂躙せよ』という命令をな」

「……！」

「所詮はレベル40の雑兵がほとんどの軍勢。聖騎士部隊が動けば我が子らは一匹残らず殲滅されるであろう。だが……〈聖騎士〉がいくら強かろうと、各地に散らばったモンスターをすべて瞬時に殺せるわけではない。我が子らの数は全部で軽く万を超える。すべての子らが殲滅されるまでに、一体いくつの村が消え、街が崩壊し、人間どもが死ぬだろうなぁ」

レジーナが悪辣に笑う。

「だがこれはあくまで魔族の戯れ言。妾を殺せば問題なく我が子らは止まるやもしれぬなぁ？ほれ、やってみるがいい。だが、もしそれで我が子らが止まらなかった場合、取り返しがつかぬなぁ？　貴様は妾と交渉してアリの暴走を止める機会さえ放棄し、人里を危険に晒した大罪人となるのだ。キシキシキシ、さあほらどうした、トドメは刺さぬのか？　キシキシキシ！」

地下空間にレジーナの哄笑が響きわたる。

「くそ……！　なんてことをするんだ……！」

レジーナにトドメを刺すか、刺さないか。

どちらを選んでも詰んでいる。悪魔の選択だ。

レジーナにトドメを刺さずに交渉。これはあり得ない。

どんな無理難題を飲んだところで、レジーナが命令を取り消すことはないだろう。

ではトドメを刺すべきかといえばこちらも厳しい。

レジーナのあの勝ち誇った顔からして、殺して命令が解除されるとは思えない。

仮に命令が解除されたとして……身を隠すのをやめたアリたちはどのみちエサを求めて人里を狙うだろう。

　確実にみんなを助けるためには、レジーナにアリたちを止めるよう命じさせるほかないのだ。どんな手を使ってでも。

　だから僕は――決断するしかなかった。

「……アリシア。頼みがある」

「え……？」

　レジーナの話を聞いて表情をこわばらせていたアリシアに、僕は声をかける。

「後続の冒険者やアーマーアントがこの部屋に入ってこないよう、各通路を見張っていてほしいんだ」

　言って、僕は強い決意とともにレジーナを見据えた。

「僕はいまから禁忌を……あの魔族を犯す！」

「………………………は？」

　それまで勝ち誇っていたレジーナが、頭のおかしいヤツを見るかのような顔で間の抜けた声を漏らした。

▼第42話　女王姦落

ずっと考えていたことがある。

精神支配に強い耐性があるはずの〈神聖騎士〉アリシアを隷属させてしまうほど強力な、僕の〈主従契約〉スキルについてだ。

いくら強力なテイムスキルだろうと、なんの条件もなく主従契約が結べるはずがない。

ましてや伝説級の〈ギフト〉である〈神聖騎士〉の精神支配耐性を貫通するようなテイムスキルなら、相応の発動条件があるはずなのだ。

それこそ、対象者と「仲良く」しなければ主従契約は結べない、といった無理難題にも等しい条件が。

そしてアリシアと主従契約が結ばれてしまったあの日、僕がアリシアとヤったことといえば――考えられる可能性はひとつしかなかった。

確証はない。

けれど〈淫魔〉スキルの発動条件としてこれ以上ふさわしいものなく、それ以外に心当たりはない。

ならばもう、試してみるしかなかった。魔族との「仲良し」を。

「人里を蹂躙せよ」と命令を受けた万単位のアーマーアントたちを止めるには、命令スキルを持つアリの女王、レジーナを隷属させるしかないのだから。

だから、

「アリの暴走を止めるために、僕はいまから……あの魔族を犯す！」

「……わかった。後続の冒険者が他の通路を使ってこの部屋にこないよう……アーマーアントの邪魔が入らないよう……私が周りを見張っておく」

僕の意思を受けて、アリシアが〈神聖堅守〉で〈大空の向日葵〉メンバーを守ったまま周囲の通路を潰しはじめる。

「は……？　ちょっ、なにを言って……!?　犯す!?　人間を守るために!?　イカレたか!?」

魔族の少女――レジーナが頭のおかしいヤツを見る目で僕を見る。

いやまあ、言いたいことはわかる。

僕だって自分の選択にドン引きである。

ただでさえとんでもない変態スキル持ちなのに、こんな人としての一線を越えるような真似をすれば本当にもう引き返せない気がする。

それに魔族をテイムするなんて、僕たちにとっては色々と不都合なことが多い。

けれど、

「僕だって、こんなこと死んだってヤりたくないんだ……。〈絶倫〉スキルがなかったら、こんな状況でアソコを臨戦態勢にすることだって無理だよ。……けど、けどみんなを助けるためにはもう――これしか手がないんだあああああ！」

「ちょっ、まっ、妾はスキルで兵士を産んでいただけでその手の経験は――アアアアアッ♥!?」

〈適正男根自動変化〉によって形を変えた男根。その根元から触手のように枝分かれした男根がレジーナを拘束し――やがて周囲にくぐもった嬌声が響きはじめた。

＊

（な、なんなんだこの人間は!?）

女王は混乱の極地にあった。

配下のアリたちを暴走させることで最悪の窮地に追いやったと思っていた人間が、いきなり自分を犯すと宣言したのである。

しかも「みんなを守るため」ときたもんだ。頭がおかしいとしか思えない。

（ハッ、それともまさか、快楽で妾を籠絡しようというのか!?　愚かな人間らしい浅ましい考えだ！　たかが人間の祖チンで、幾百の子を育んできた妾の子袋を満足させられるわけが――）

「ひゃあああああああああああああっ♥♥♥!?」

それは完全に未知の快楽だった。

大きさも形も人間のモノとは思えないほど凶悪に変化したソレが、一切の容赦なくレジーナの女性自身を掻き回し蹂躙する。

だがレジーナを圧倒しているのは、その暴力的な肉の快楽だけではなかった。

「アリを自滅させろ、アリを自滅させろ！　くっ、もう何度もイってるはずなのに、主従契約が結ばれない……！　「仲良し」する以外に別の条件があるのか!?」

「……エリオ。あの夜は私だけじゃなくて、エリオもたくさん、気をやってた。だからきっと、エリオも気持ちよくなる必要がある……」

「ちょっ、アリシア!?　君は見張りを……うむっ!?」

「ちょっ、まっへ、もう無理……妾はもう何回も気をやって……アアアアアアアアッ!?♥」

それはレジーナの意思など完全に無視して行われる快楽の宴。

レジーナがいくら懇願しようがひたすら激しい快楽が注ぎ込まれ、抵抗の余地さえない。

自身の存在、その根底から支配される感覚。

女王であるレジーナが一生味わうはずのなかった快感が彼女の脳を滅茶苦茶にする。

自我に目覚めてからこの方、レジーナはずっと女王だった。

アリたちに命じ、上に立つ者として振る舞うのが当たり前の日々。

そんなレジーナにとって、自分よりも遙かに強い力で押さえつけられながら与えられる問答無用の快楽は、あまりに刺激が強すぎた。

それは、自分よりも強い雄に従属する快感。かしずく喜び。

女王として暮らしていたなら、一生知るはずのなかった強烈な甘露。

実は発生してから一年も経っていないレジーナにとって、その強すぎる快楽はとてもではないが抗(あらが)えるものではなく――、

「おおおおおおおおおっ!?♥」

一際強烈な快感の爆弾が弾けたその瞬間、下腹部にとてつもない熱が灯(とも)る。

「っ!? 出た、主従契約の証……! いまなら――」

なにがなんだかわからない。

主従契約を結ばされた？ 魔族の自分が？ あり得ない。

だが、

「すべてのアーマーアントを、自滅させるんだ！」

エリオが改めて強く命じた瞬間、レジーナの意思を無視して命令スキルが発動。

各地に放ったアーマーアントたちが一斉に水辺を目指しはじめるのを感じ取り、レジーナは

身体を震わせる。

すべてを蹂躙された。身体も心も。人族に一矢報いるという矜持さえ粉々に。

そうして自らのすべてを完全に支配される快感に――レジーナは完全に墜ちた。

「はひぃいいいいいっ！♥　主様のご命令とあらばあああっ！♥」

最早〈主従契約〉スキルとは関係なく、レジーナは従属の悦びに啼き叫んでいた。

＊

「……お、おい。これは一体どういうことだい？」

〈大空の向日葵〉の面々が目を覚ましたのは、ちょうどエリオたちの「戦い」が終わったあとのことだった。

まだまともに立てないが、かろうじて身体を起こすことはできる。

そんな彼女たちの目に飛び込んできたのは、あまりに信じがたい光景だった。

「あ、あああっ、主様♥　主様♥　どうかその手で、いつでも都合のいいときに妾をゴミクズのように殺してくださいまし……♥　それまでは、それまではどうかおそばに……♥」

自分たちを瞬殺した魔族の少女が、なんだかヤバい目をしてエリオール少年にすがりついているのである。しかも下腹部には先ほどまでは絶対になかったテイム契約らしき紋様まで浮か

んでいる。

あり得ない……魔族をテイムするなど、おとぎ話でもあるまいし……とミリアムたちは自分の目を疑うのだが、

『お、おいそっちはどうなってる!? 今度はアーマーアントたちが一斉に入水自殺しだしたんだが……クイーンになにが起きてる!?』

水晶から聞こえてくるギルマス、ゴードの言葉に、ミリアムたちはもう目の前の現実を受け入れるしかなかった。

「エ、エリオール君……まさか、魔族をテイムしたのかい？ 一体どうやって……」

すると魔族の少女の有様に誰よりも困惑しているらしいエリオール少年は「え、ええと、その」と盛大に目を泳がせたあと、

「セ、セットクしたらわかってくれたというか……」

「え？ セッ●ス？」

「ち、違いますよ！ 説得です、説得！」

エリオール少年が顔を真っ赤にして反論する。

いやどう考えても発音がセ●クスだったが……とは思いつつ、

「ひとまずは……一件落着ということでいいのかな……？」

ミリアムたちはこれ以上は考えても仕方ないとばかりに、アーマーアントが一匹もいなくな

った巣穴の奥底で倒れ込むのだった。

エリオ・スカーレット　ヒューマン　〈淫魔〉レベル200
所持スキル
絶倫Lv10　　　　　　男根分離Lv8
男根形状変化Lv10　　男根形質変化Lv10
男根再生Lv8　　　　　適正男根自動変化（Lvなし）
主従契約（Lvなし）　　異性特効（Lvなし）
現地妻（Lvなし）　　　？？？？
？？？？　　　　　　　？？？？

▼第43話　顛末と暗躍（エピローグ？）

魔族との「戦い」に勝利したあと。

ギルドが各地を調査したところ、秘密裏に大量発生していたアーマーアントたちは無事に全滅したらしいという結論が下された。

巣穴から這い出たアーマーアントたちはそのほとんどが水辺に突っ込むか高所から落下して

絶命。巣穴の奥底から動けないクイーンは自ら巣穴を壊して圧死。少なくともダンジョンに寄生していた巣穴はすべて壊滅したことが確認された。

もし万が一ダンジョン寄生の悪知恵を持ったアリが生き残っていたとしてもそれはごく少数だろうし、情報共有がなされた冒険者ギルドが今後見落とすことはないだろうとのことだった。

未曾有の大災害になると思われたアーマーアントの大量発生はこうして無事に収束。

運悪く巣穴の近くにあった村や町が少なくない被害に遭ってしまった事例はあるみたいだけど、いきなり降って湧いた万単位のアリ素材によってその辺りの損害は補填できそうだった。

国内での売値は下がるだろうけど、加工して隣国に売れれば十分な利益が出るしね。

そんなわけで大騒ぎだったアーマーアント事件は人的被害もなく、考え得る限り最高のかたちで幕を閉じたのだけど……ひとつだけ困ったことがあった。

「主様♥　主様♥　どうか、どうか妾にお慈悲を♥　具体的には全身を拘束した上で情け容赦なく無茶苦茶にしてくださいまし♥　舐めろと言われれば靴でもなんでも舐めますゆえ……妾をどうか主様の所有物のように扱いください……♥」

「ちょっ、レジーナっ、いまはギルマスの前で君のことを説明してるとこだから落ち着いて！お願いだから落ち着いて！」

魔族の少女、レジーナがヤバいのである。

各地で暴れ出したアーマーアントたちを鎮めるために〈主従契約〉を結ぼうと「仲良し」し

たはいいものの、なんかこう、その言動がイってしまっているのだ。

出会った当初の女王然とした態度なんて見る影もなく僕にすがりつき、「お慈悲」をねだってくるのである。周りに人がいてもおかまいなしだ。

どう考えてもおかしい……。

〈主従契約〉はあくまで強く念じた命令を聞かせるだけで、こんな好感度ＭＡＸ＆虐められるのが大好きな性格に変えちゃうようなものじゃないはずなのに……。

けれどもまあ、なってしまったものは仕方がない。

こんな状態になった魔族を一方的に討伐するというのは良心が痛み、僕は彼女を連れて街に帰還していたのだった。

〈大空の向日葵〉に僕とレジーナが友好的？　にしているところを目撃された以上、ギルドにはちゃんと事情を説明しておく必要があったしね……。

幸い、レジーナは触角や甲殻を隠すことで人間に化けることができた。

〈主従契約〉スキルによって「自衛が必要な場合を除いて人を傷つけてはダメ」と固く命令していたし、安全性については問題ないということでギルマスの執務室にやってきていたわけなのだけど……、

「主様、どうなされたのですか？　なぜ妾を蹂躙してくださらないのですか？　あのとき妾が懇願するのも無視して子袋を無茶苦茶にしてくださった鬼畜なご主人様は一体どこに――」

「君はしばらく喋っちゃダメ！」

僕の社会的な安全が危険の絶頂だった。

使いたくなかったけど仕方がない。

僕は強く念じてレジーナの言葉を封じた。

「もがもがもがぐー♥（ああ！♥ 妾の自由意志がまたひとつ主様に奪い取られて……あっ、あああああああっ♥ それだけでまた達してしまう……♥）

喋れなくなってもなお騒がしいレジーナだったけど、ここはもうスルーするしかない。

「……ま、まあなんというか」

と、ギルマスのゴードさんが凄まじく気まずい表情をしながら口を開いた。

「もともと、利害の一致で人間と友好関係を結ぶ魔族というのは極々少数ながら確認されている。君が使役しているということに加え、プライドが高く決して他者にへりくだることがないという魔族がこんな状態になっているというなら、警戒はそれなりで済みそうだ」

「あ、あはは、ありがとうございます」

笑って誤魔化すしかなかった。

「で、だ。魔族をテイムしたなどという君の非常識ぶりについてだが……」

と、そこでギルマスの纏う空気が変わった。

酷く真剣なその様子に、僕は身体を固くする。

変に疑われたり警戒されたりしたほうがマズイからと正式に報告したけど……ギルマスという立場のある人が僕のとんでもスキルについて知ったらどうなるか。

アリシアとの今後の逃避行にも関わるギルマスの言葉を緊張した面持ちで待つ。

するとギルマスは難しい表情をしつつ、

「ひとまずはギルマスの私と〈大空の向日葵〉だけの秘密にしておこう」

「え？」

その言葉に、僕は目を見開いた。困惑しながら訊ねる。

「え、と。あの、いいんですか？　自分で言うのもなんですが、魔族をテイムしたなんて話、普通なら国に報告しなきゃいけないレベルの出来事だと思うんですが……」

「ああ、普通ならそうだ。だが――」

僕の疑問に、ギルマスはなにやら迷う素振りを見せたあと、しかしはっきりとこう言った。

「ギルマスの勘とでも言うのかね。魔族の発生に隣国の侵攻が重なるなど、今回の一件は妙にきな臭い。そもそも大陸有数の国力を持つ我が国において、隣国から少し侵攻を受けたくらいで王家が聖騎士の派遣を渋ることがまずおかしいんだ」

「それは……」

ギルマスの列挙する違和感に、僕は言いよどむ。

それを受けたギルマスは「まあさすがに王家を疑うわけではないが……」と付け足しつつ、

「なんにせよこの件は一度保留にしたほうがいいと私の勘が告げているんだ。さすがに領主辺りには真実を報告せねばならんだろうが、ひとまず周囲には魔族との和解に成功したとでも説明しておこう。バカ正直に報告してくれた君を疑う理由はなさそうだしな。その魔族についてはギルドとして最低限監視していくことになるだろうが、人に危害を加えない限りは悪いことにはならないと思っておいてくれ」

「……っ、あ、ありがとうございます！」

にっ、と悪戯(いたずら)めいた笑みをこぼすギルマスに、僕はほっと胸をなで下ろした。

レジーナと僕の件が国に報告されたら、適当な理由をつけてまた姿をくらまさなきゃいけないだろうと覚悟していただけに、ギルマスの予想外な判断に僕は心底安堵(あんど)する。

かくして、僕が魔族をテイムしたという話は〈大空の向日葵(ひまわり)〉をはじめとした一部だけが知る秘密となり、僕とアリシアはいままで通りグレトナの街で過ごせることになった。

ギルマスが国に抱(いだ)いた違和感についてとか、色々と気になることは残っているけど……とりあえずは一安心だ。

あと残っている問題はといえば、

「ふー♥　ふー♥」

レジーナに触発されたアリシアがどう考えても準備完了した女の子の顔で僕の太ももを撫(な)で回してることくらいかな……。

「あ、あのねアリシア。レジーナの件はひとまず不問になったけど、ステータスプレートがとんでもないことになってるから、ちょっとこっちの検証を急ぎたく——」

説得は無意味だった。

宿に戻ったその瞬間、アリシアは服を脱ぐ間も惜しんで僕を寝室に引きずり込んで。

喋れない&宿では大暴れできないレジーナを〈神聖防御〉で寝室から閉め出した。

そして、

「ア——————ッ!?」

レジーナと「仲良し」した件でアリシアに引け目のあった僕はろくな抵抗もできず、そのまま一昼夜、アリシアに貪り尽くされるのだった。

いつまでアリシアと一緒にいられるかはわからない。

けれどひとまず彼女の気持ちに応えるための駆け落ち生活は、この調子でまだしばらく続いていくようだった。

この王国を——いや、大陸全土を揺るがす不穏な動きを、いまはまだ知る由もないまま。

＊

「〈神聖騎士〉はまだ見つからんのか！」

荘厳な意匠の施された謁見の間に、威厳のある怒声が響いた。

声の主は、エリオたちが所属するスペルマリア王国の王。

そして王の前で跪いているのは、国内最強クラスである二人の聖騎士だった。

エリオの父であるスカーレット公爵。

アリシアの父であるブルーアイズ侯爵。

高い忠誠心を示すように頭を垂れる壮齢の二人に、スペルマリア王はさらに言い募る。

「そもそも〈神聖騎士〉の出奔を許すなど何事だ！　さらには行方不明になってから一か月以上経っていまだに足取りが掴めんとは……真面目に捜索しているのか！」

「面目次第もございません。ですが我が息子が異常な〈ギフト〉を授かった際、教会の権威に関わるからと息子の処分を迫ってきた彼の国への対応に追われていたこともあり……その最中にまさか〈神聖騎士〉が王都を出るなど予想ができず。さらには〈神聖騎士〉が消えたなど決して表沙汰にはできないため、捜索も人員を絞りに絞ったうえで非常に慎重にならざるを――」

「御託はいい！」

エリオの父、スカーレット公爵の弁明を王が切って捨てる。

「〈神聖騎士〉は教会の象徴たる〈聖騎士〉の最上位。それもあって、教会の指導者である〈宣託の巫女〉殿がアリシア・ブルーアイズの留学を強く望んでおられるのだ。我が国と教会の結びつきをより強くするためにも、〈神聖騎士〉を一刻も早く教会の総本山であるロマリア神聖法国へ友好の使者として送らねばならん！　さっさと〈神聖騎士〉を連れ戻すのだ！」

「……はっ。仰せの通りに」

口角泡を飛ばす国王の言葉に、スカーレット公爵とブルーアイズ侯爵は固い声を返した。


謁見の間を退いたあと。

スカーレット公爵とブルーアイズ侯爵は周囲に気を配りながら連れだって歩いていた。

「いやしかし、我が娘がお主の息子に思いを寄せているのはなんとなくわかってはいたが、まさかいきなり家出するほどだったとは。我が娘ながらあっぱれだ。アレは将来とんでもない傑物になるぞ！　……我が妻そっくりだ……」

「呑気なことを言っている場合か。〈神聖騎士〉の出奔など、前代未聞の大問題だぞ」

最後に少し震えながら自らの娘を褒める大男、ブルーアイズ侯爵に、スカーレット公爵が呆れた声を漏らす。

だがその呆れたような目はすぐに深刻な色を帯び、スカーレット公爵は低い声を漏らした。

「それにしても……やはり王の方針はなにかがおかしい」

「……うむ。お主もそう思うか」

「ああ。〈神聖騎士〉を連れ戻せというだけなら話はわかる。それは当然のことだ」

スカーレット公爵はスキルで念入りに周囲に気を配り、声を潜めながら続ける。

「だがいくら教会の総本山であるロマリア神聖法国との結びつきを強めるためとはいえ、〈神聖騎士〉をいきなり他国へ差し出すつもりとは。どう考えても異常だ」

通常、各国の聖騎士がロマリア神聖法国へ留学することはそう珍しくない。

教会の総本山であるかの大国で心身ともに修行を積み、国を守る騎士にふさわしい実力と気高さを身に付けることは大きなステータスになるからだ。

だが……それはあくまである程度成長してから。本人が強く希望した場合のみ。国家間の厳重な契約を結んだうえでのことだ。国防に影響があるような大戦力候補を即留学させるなど、いくら教会相手でもあり得ないことだった。

それも、ここ数年どこか様子のおかしい教会に。

もっといえば、教会の最高指導者である〈宣託の巫女〉が〈神聖騎士〉の留学を望んでいるという話もきな臭いものがある。かの御仁は長く病に伏せっており、ここしばらく公の場に姿を見せないばかりか、謁見さえすべて断っているという話なのだ。

それがなぜ、いきなり〈神聖騎士〉の留学など望むのか。

挙げればキリがない違和感の数々に、ブルーアイズ侯爵が顎を触りながら口を開く。

「……やはり、神聖法国からあの王妃様を迎え入れた辺りからか。王の様子が少しずつおかしくなっていったのは」

「……滅多なことを言うものではない。国際問題になるぞ」

ブルーアイズ侯爵の憶測をスカーレット公爵がたしなめる。

だが決してその言葉を否定することなく、スカーレット公爵は続ける。

「なんにせよ、息子(エリオ)とアリシアが完全にこちらとの連絡を絶って駆け落ち同然に姿をくらましたのは好都合だったかもしれんな。結果論だが……。我らの立場上、王の命令に逆らってアリシアを匿(かくま)うには限度があるのだから」

「うむ」

「とはいえやはり二人が心配だ。さすがに教会も王国騎士団を差し置いておおっぴらにアリシアを捜索することはないだろうが……念のために国内の教会勢力を監視、動きがあれば怪しまれない範囲で妨害し、アリシアの行方を掴(つか)んだような動きがあればすぐ知らせるよう諜報(ちょうほう)に通達を。事情を共有できる人員に限りがあるのが歯がゆいが……こうして時間を稼いでいるうちにあの二人が……〈神聖騎士〉のアリシアが自衛の力を養っていることを願おう」

よもやエリオとアリシアのうち、変態〈ギフト〉を授かったエリオのほうが急速に自衛の力を身に付けているとは夢にも思わず。

二人の父親は、怪しい動きを見せる者たちを出し抜いてどうにか子供たちと秘密裏に接触できないか画策するのだった。

＊

「どういうこと？」

深夜。西の大森林。

空っぽになったアーマーアントの巣穴の中に、女性の声が木霊する。

「魔族に進化させたクイーンが討伐されるだけならまだしも、国土を荒らす前にアーマーアントが全滅……？　一体なにがあったというの。それとも、進化促進の術が不完全だった？」

ぼんやりと中空に浮かぶ、まるでゴーストのような金髪の美女が困惑の声を漏らした。

その声には計画が破綻した苛立ちが含まれており、彼女の周囲を攻撃的な魔力が渦巻く。

だがやがてその美女は思考を切り替えるように首を振ると、

「まあいい。この国を乱す手はまだあるし、本格的に国崩しを仕掛けるのはまだ先の話。誰がなにをしたか知らないけど、せいぜい勝利に酔いしれているがいいわ。いまはそれより……」

言って、ゴーストのような金髪の美女がふっと姿を消す。

そして次に彼女の姿が現れたのは、絢爛豪華なベッドの上で眠りにつく金髪美女の真上だった。眠る美女の体内に吸い込まれるように、ゴーストが身体を重ねる。

するとそれまで死んだように眠っていた金髪の美女が目を覚まし、王城内を我が物顔で練り歩く。そして辿り着いたのは――スペルマリア王の寝室だ。

就寝直前だった王の隣へ当たり前のように入り込み、美女は甘えるような声を漏らす。

「ねえ王様？〈神聖騎士〉の行方はまだわからないの？」

「お、おうおう。最愛の妻よ。それなのだが、どうにも臣下の動きが鈍くてな。もう少しだけ待ってくれるか？」

「早くしてね？私の故郷の神聖法国で、〈宣託の巫女〉様が待ってるんだから」

金髪の美女――スペルマリア王国王妃が絶世の笑みを浮かべる。

――早く見つけろ無能が。

――〈神聖騎士〉など授かったクソガキの身柄をさっさと引き渡せ。

――私たちに仇なす人族の最高戦力を、成長前に必ず殺す。

そんな思考をおくびにも出さず。王妃は正気を奪われているかのような表情を浮かべ続ける王に、甘い声で囀り続けるのだった。

あとがき

どうも、初めましての方は初めまして。ドラゴンタニシこと赤城大空です。

いえね、今回の新シリーズ「淫魔追放」は名前を隠してＷｅｂ連載していた作品でして。そのときに使っていたペンネームが「ドラゴンタニシ」だったのです。本当はドラゴンタニシ名義で出版してもよかったのですが……淫魔追放って方向性は絶頂除霊や下セカと同じだし、ペンネームを分ける意味なんて微塵もなくない？　ということでペンネームを統一することになりました。それはそれでちょっとややこしいですが……。

こんなことなら最初から赤城大空名義でＷｅｂ連載していればよかったのですが、実はこの淫魔追放、最初はまったく連載する気がありませんでした。

というのも、そもそも僕が投稿サイトを利用しようと思ったのは現在執筆中のシリーズ「出会ってひと突きで絶頂除霊！」と「僕を成り上がらせようとする最強女師匠たちが育成方針を巡って修羅場」を試し読みがてらカクヨムにて公開しようと思ったのがきっかけでして。実際に赤城大空名義で試し読みを投稿する前に、サイトの使い方を確認するために作ったアカウントが「ドラゴンタニシ」だったのです。

そして当然、サイトの仕様を理解するには実際に使ってみるのが一番。そしてそのためには投稿する作品が必要ということで、その場で趣味丸出しのタイトルとあらすじ、一、二話を作ったのが淫魔追放のはじまりでした。

なので実はこの作品、ぶっちゃけてしまうと最初は投稿から数日でアカウントごと消すつもりだったのです。キャラやあらすじは気に入ってるものの既に2シリーズ抱えているし、投稿したところで誰にも見つかることはないのだからと。

ですが驚いたことに、投稿した一話に数人のフォロワーさんがついてくださいまして。

それこそサイト全体で二十万タイトル以上、一日の投稿数も数百数千になるだろう中から発掘してくれた人がいる。しかも今後への期待も込めてフォローしてくれたのだと思えばとてもアカウントを消す気にはならず、少なくともキリの良いところまでは書こう、となりました。

が、そうして書き続けたところさらにフォロワーさんが増え、しかも書いているうちにキャラへの愛着もさらに増し、どんどん下ネタも思いついて楽しくなっていく始末。そんなこんなで隙間時間を利用し既シリーズと並行して書き続けた結果、こうして書籍化と相成ったのでした。

よく「皆様の応援のおかげで」という文言がありますが、淫魔追放は誇張抜きでファンの方々のおかげでここまでやってこれた作品です。カクヨムで応援してくださった皆様の声がなければ淫魔追放は絶対にここまで来れませんでしたし、「連載って意外と既シリーズと並行してやれるのでは……？」と僕が気づくこともなかったでしょう。

十年近くラノベ作家をやってきて応援の重要さは理解しているつもりでしたが、淫魔追放でその大切さをさらに強く実感した次第です。

Twitterではよく、好きな作品が打ち切りになる前に出版社や作者、サイトやレビューなどでしっかり応援しておけ的な話がバズったりしますが、あれは真実ですね……。


さて、そんな応援の声がありつつカクヨムからリアル追放されかけた本作の出版に携わってくださった関係者の皆様方に謝辞を。絶頂除霊やら下セカに引き続き、過激な本作の調整やら修正やらに尽力していただきありがとうございました。

そして本作のイラストを担当してくださったkakao様。とんでもないクオリティのイラストの数々、本当にありがとうございます！　綺麗、かっこいい、可愛い、そしてなによりエロいと淫魔追放の魅力をこれでもかと引き出していただき感謝しかありません。今後もイラストの力に負けないよう精進して参ります。


さて、そんなこんなで淫魔追放1巻はいかがだったでしょうか。

2巻がどうなるかはまだ不明ですが、kakao様の素晴らしいイラストをもっと拝見するためにも、今後とも応援していただけますと幸いです。

それでは、次は淫魔追放か絶頂除霊か最強女師匠かどれになるやらわかりませんが、いずれかでお会いいたしましょう。

GAGAGA

ガガガ文庫

淫魔追放

~変態ギフトを授かったせいで王都を追われるも、女の子と"仲良く"するだけで超絶レベルアップ~

赤城大空

発行 2022年2月23日 初版第1刷発行
2022年5月20日 第2刷発行

発行人 鳥光 裕

編集人 星野博規

編集 小山玲央

発行所 株式会社小学館
〒101-8001 東京都千代田区一ツ橋2-3-1
[編集]03-3230-9343 [販売]03-5281-3556

カバー印刷 株式会社美松堂

印刷・製本 図書印刷株式会社

Printed in Japan ISBN978-4-09-453049-0